独り祝言

鎌倉河岸捕物控〈十三の巻〉

佐伯泰英

時代小説文庫

JN263716

角川春樹事務所

目次

鎌倉河岸周辺
鎌倉河岸
豊島屋
しほの長屋
弁天湯
青物市場
龍閑橋
舘市右衛門屋敷
常盤橋
船宿綱定
むじな長屋
彦四郎の長屋
金座
金座裏
樽屋藤左衛門屋敷
龍閑川
林道場
政次の長屋
0
200m
西
南
北
東

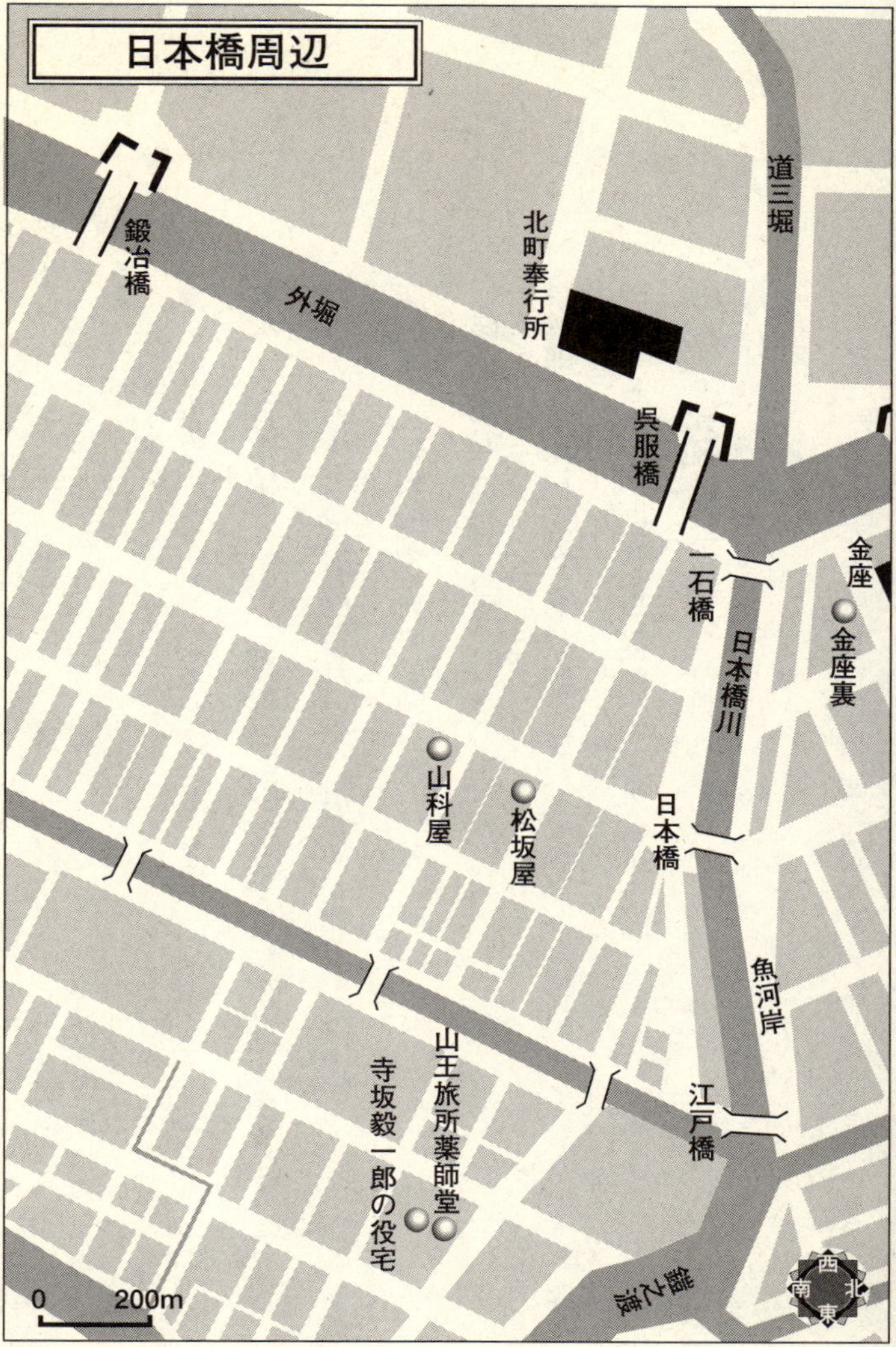
日本橋周辺
鍛冶橋
外堀
北町奉行所
道三堀
呉服橋
一石橋
金座
金座裏
日本橋川
山科屋
松坂屋
日本橋
魚河岸
江戸橋
山王旅所薬師堂
寺坂毅一郎の役宅
鎧之渡
0
200m
西
北
南
東

●主な登場人物

政次……日本橋の呉服屋『松坂屋』のもと手代。宗五郎の手先となる。
亮吉……金座裏の宗五郎親分の駆け出しの手先。
彦四郎……船宿『綱定』の船頭。
しほ……酒問屋『豊島屋』に奉公する娘。
宗五郎……江戸で最古参の十手持ち、金座裏の九代目。
清蔵……大手酒問屋『豊島屋』の主人。
松六……呉服屋『松坂屋』の隠居。

独《ひと》り祝言

鎌倉河岸捕物控〈十三の巻〉

第一話　六所明神

一

鎌倉河岸《かまくらがし》に春の到来を告げる行事は、老舗《しにせ》の酒問屋豊島屋《としまや》が白酒を売り出す大騒ぎだ。

「山なれば富士、白酒なれば豊島屋」

の名文句は江戸っ子に膾炙《かいしゃ》した言葉だ。それほど白酒の売り出しは江戸の風物詩、長屋の八っぁん熊公から大身旗本《たいしんはたもと》から三百諸侯の家来まで押し掛けて買い求めた。

その賑《にぎ》わい風景は長谷川雪旦《はせがわせったん》の江戸名所絵図「鎌倉町豊島屋酒店白酒を商ふ図」に詳しい。

なにしろ旧暦二月十八日から十九日の朝まで白酒千四百樽《たる》、石《こく》に直して五百六十石（十万八百リットル）を売り捌《さば》く話だ。

江戸町奉行所の与力同心《よりきどうしん》が警備にあたり、豊島屋では気分を悪くした者への手当てに医師を待機させていた。その医師も大変な混雑に、診療に出向くのも病人を所定の場所へと運ぶのもままならない。そこで店の表口に櫓《やぐら》を組んで、その上に板敷き、簾《すだれ》がけの臨時診療所を設けて、気分を悪くしたものを人込みの中から吊《つ》り上げて医師の診察を受けさせる有様。

「江戸の春は豊島屋の白酒」が運んでくるといっても過言ではなかった。

さて、その白酒だが、初代の豊島屋の主《あるじ》が、

「夢枕《ゆめまくら》の紙雛《かみびな》様から伝授された製法」で作り上げられたものとか。

寛政《かんせい》から享和《きょうわ》と改まった年（一八〇一）の豊島屋の白酒騒ぎがひと段落した日の未明、金座《きんざ》裏《うら》の若親分政次《せいじ》、手先《てさき》の亮吉《りょうきち》、綱定《つなさだ》の船頭の彦四郎《ひこしろう》、それにしほの四人が旅仕度で金座裏を出て、内藤新宿《ないとうしんじゅく》に向かった。

張り切って先頭に立ったのは亮吉だ。

「しほちゃんよ、府中《ふちゅう》宿まで日本橋からきっちり七里あらあ。おれっちは江戸を駆け回って日頃から足腰を鍛えているがよ、しほちゃんは鎌倉河岸を出たことが滅多にねえ。遠慮することはねえよ、内藤新宿で駕籠《かご》を雇ってもいいんだぜ」

「ありがとう、亮吉さん」

政次、彦四郎、亮吉は鎌倉河岸裏のむじな長屋で物心ついたときから兄弟のように絡み合い、ふざけ合って育った仲だ。

奉公に出る時分には、それぞれ異なった道を選んだ。

政次は老舗の呉服屋松坂屋《まつざかや》に、彦四郎は龍閑橋《りゅうかんばし》の船宿綱定に、そして、亮吉は金座裏で、

「金流しの親分」

として江戸で有名な宗五郎《そうごろう》親分の手先になった。

人間の運命はおもしろい。本人がどう考えようと当人が選んだ道を全《まっと》うできるとは限らない。

九代目宗五郎に後継ぎがいないことを心配した古町《こまち》町人の松坂屋の隠居松六《しょうろく》らの計らいで、政次は呉服屋奉公を辞して金座裏に手先として修業に入った後、養子縁組がなった。世間にも、

「十代目宗五郎」

として披露され、しほと所帯を持つことも決まっていた。

祝言《しゅうげん》の日取りは三月三日、桃の節句だ。

数日前、宗五郎が政次を呼んだ。

「政次、豊島屋の白酒商いが済んだら、武蔵国総社六所明神社《むさしのくにそうじゃろくしょみょうじんしゃ》に代参してくれめえか」

「親分、私で代わりが務まりましょうか」

「うちの三代前が暗闇祭《くらやみまつ》りを見物にいってな、なんぞ御用のことで働いたらしい。それが縁で六所明神の宮司《ぐうじ》相馬《そうま》様と付き合いが始まった。おれの代になって忙しさに取り紛れてろくろくお参りもしてねえ。当代の猿渡忠寧《さわたりただやす》様にはうちの十代目がおまえに決まったことを手紙で知らせてある。まあ、政次が猿渡様に面会し挨拶《あいさつ》を致せば済むことだ」

「畏《かしこ》まりました」

「おまえもしほと所帯を持てばそうそう二人で出歩けめえ。しほも連れていけ」

「はい」

と受けた政次がしばし思案した後、

「親分、勝手な願いにございますが、亮吉と彦四郎を供に加えてもらえませんか」

「むじな長屋の三人組もおまえが所帯を持てばこれまでのように能天気な付き合いもできめえ、亮吉は許す。だが、彦四郎は大五郎《だいごろう》親方の返答を貰《もら》ってからだ」

と釘《くぎ》を刺しながらもあっさりと応じた。どうやら宗五郎の胸の中には最初からそのことがあったようだ。

政次はその日のうちに綱定の親方夫婦の大五郎とおふじに会い、彦四郎の府中行きを願い、許された。

そんなわけで四人組の甲州道中府中旅が始まったのだ。

「亮吉さん、私だってこれでなかなか足腰はしっかりしているわよ。豊島屋の店の中を走り回ってきたんですもの。私より彦四郎さんが馬を頼むことになるかもしれないわよ」

彦四郎は六尺三寸（約百九十センチ）の大男だが、仕事が船頭だけに歩くことは少ない。その上、大男とあって辻《つじ》駕籠には乗れなかった。

「彦に跨《また》がられた馬が可哀想《かわいそう》だぜ」

その光景を思い描いたか、亮吉が笑い、

「若親分、内藤新宿で朝飯かねえ」

と政次に問いかけたりと独楽鼠《こまねずみ》はなかなか忙しい。

政次も彦四郎も宗五郎親分が、政次としほの祝言を前に四人で気楽な旅をさせようと計らってくれたことを承知していた。

「三代前の親分が六所明神の神主と昵懇《じっこん》だったなんて知らなかったぜ。それによ、親分になる度に府中に挨拶に通うなんてこともな」

「亮吉、親分が気を利かせなさったんだよ」

「気を利かせるってなんだ、彦四郎」

「だからよ、独り身のうちに政次としほちゃんとおれたちに息抜きさせようと考えられたんだ」

「息抜きしなきゃあならねえことがあったか」

「おめえを連れてくるんじゃなかったぜ。ねえ、若親分」

むじな長屋で兄弟同然に育った三人が掛け合いながら、内藤新宿に入っていったのは六つ（午前六時）の刻限だ。

甲州道中と青梅《おうめ》往還の追分《おいわけ》近く、重宝院前に暖簾《のれん》を掲げたとろろめし屋に入り、四人は朝餉《あさげ》を食することになった。

亮吉の推薦の店で、

「しほちゃん、この店の自然薯《じねんじょ》がなんとも美味《うま》いし、精もつく」

とにたにたと笑った亮吉が馴染《なじ》み顔で注文した。

とろろ汁、香のものに麦飯だが、旅に出て他人がこさえた料理を食べるのはそれだ

けで美味だった。亮吉が褒めるだけのことはあって、

「朝からとろろ飯かよ」

　と言っていた彦四郎も、

「おっ、この自然薯、なんとも乙《おつ》な味だぜ」

　と満足そうだ。

「彦、おれが足で稼いで推挙しようという店だ。俗に名物に美味いものなしというがね、亮吉様のお眼鏡《めがね》に適《かな》ったものに外れはねえ」

　胸を大仰《おおぎょう》に反らした亮吉は、麦飯の丼《どんぶり》に自然薯をぶっかけ、一息に掻《か》き込んで、

「姉さん、お代わりだ」

　と二杯目を注文した。

「亮吉、このヤマノイモ、思った以上に精があるぜ。二杯も掻き込んで旅の途中で腹痛を起こしても知らねえぜ」

　と彦四郎に注意された。

「麦とろの二杯や三杯がなんだい」

　常連面した亮吉は朝から二杯のとろろ飯を平らげた。

　しほが四人の朝餉代を支払い、再び街道に出た。次の宿は二里先の下高井戸《しもたかいど》宿だ。

「若親分、六所明神の神官さんに今日中に会わねばならないのかい」

彦四郎が聞いた。

「いや、格別親分からはそのような指示はなかった。先様《さきさま》が六所宮だ、旅塵《りょじん》に汚れた面で挨拶に出るより、明朝清々しいときに出向くのがいいかなと私は思っていたところだ」

「ならばさ、寄り道していいかねえ」

「どこに立ち寄ろうという算段だ、彦四郎」

「深大寺《じんだいじ》村ってのはどうだ」

「浮岳山《ふがくさん》深大寺にお参りしようというのか」

と得心した政次がしほに、

「しほちゃん、こんなときでもないと深大寺に詣《もう》でることもない。どうだ、深大寺村に立ち寄っていかないか」

「深大寺様って初めて聞いたけど」

「しほちゃんの絵心をそそるかもしれないぜ。昔から鄙《ひな》びた寺の一角、八反《たん》一畝《せ》の畑では蕎麦《そば》が育てられていてな、こんこんと湧《わ》き出る清水で蕎麦を打って参拝客に振る舞うそうな。こいつが深大寺の名物の深大寺蕎麦だ」

しほは脳裏に季節はずれの蕎麦の白い花を思い描いてみた。

船頭の彦四郎は客の相手であれこれと知識が授けられて、なかなかの物識《ものし》りだ。

「もっともおれのは話だけで、行ったことはねえ」

とあっさりと白状した。

「御用に差《さ》し支《つか》えないのなら訪ねてみましょうか」

しほは最前から黙り込んだ亮吉の顔を見た。

「どうしたの、亮吉さん」

「うぅーん」

亮吉の返答はどこか空《うつ》ろだった。額に脂汗も浮かんでいた。

「どぶ鼠、あんまり朝から卑しくもとろろ飯を二杯も掻き込むからよ、腹でも渋りだしたか」

彦四郎がちょっかいを出すように小柄な亮吉の顔を上から覗《のぞ》き込んだ。

「いけねえ、ちょっと待ってくんな」

とだれともなく断った亮吉が街道脇の旅籠《はたご》に飛び込んで奥に消えた。

「ち、ちょっとお客さん」

客を送り出した後、玄関土間の掃除をしていた女衆が慌てて立ち上がったのを、政次が制した。

「姉さん、すまないね、私の連れだ。急に腹痛を起こしたらしく、厠《かわや》を借りに飛び込んだってわけだ。あとで当人に詫《わ》びはさせる」

政次の言葉を奥で聞いていたか、番頭が顔を覗かせた。

「お客人、江戸の人かね」

「番頭さん、金座裏の御用聞き、若親分一行だ」

彦四郎が長閑《のどか》に番頭に応じた。

「おやまあ、金座裏の宗五郎親分の後継ぎ様のご入来で。最前のちびっこいのは手先かね」

「いかにも手先の一人だ。独楽鼠の亮吉と自らは名乗っているがね、皆はどぶ鼠の亮吉としか呼ばない代物だ」

彦四郎が答え、

「どぶ鼠の亮吉兄いか、いかにも名が体を表してますよ」

と番頭が頷《うなず》いた。ついでに政次に顔を向けて、

「若親分、金座裏の親分といえば、公方《くぼう》様お許しの金流しの十手《じって》の親分だ。あんな手先を雇っていちゃあ、行く行く親分の面子《メンツ》を潰《つぶ》すことになるよ。早々に追い出したほ

うがいいね」

番頭は暇らしく軽口を叩《たた》き続けた。それでも客商売の番頭だ、上がりかまちに座布団を並べ、

「まあ、若親分方、お座りなさい」

と勧めてくれた。

「亮吉が厄介かけた上、私どもまで造作をかけて申し訳ございませんね」

金座裏の後継ぎに決まった政次は今もって松坂屋の手代《てだい》時代の丁寧な口調が抜けないでいた。

三人が上がりかまちに腰を下ろした。彦四郎が煙草《タバコ》入れから煙管《キセル》を抜きながら、

「番頭さん、厠を借りた縁だ。あいつ、ここに置いておこうか」

と話題を亮吉に戻した。

「半鐘泥棒の兄さん、よして下さいよ。うちはあんな頼りにならないどぶ鼠はお断りです」

亮吉はなかなか厠から出てくる気配がない。

「様子を窺《うかが》ってきましょうか」

しほが案じた。

「しほちゃん、こちらには迷惑だが放《ほう》っておきな。その内、腹具合の収まりがつけば姿を見せるよ」

彦四郎が手を顔の前でひらひら横に振った。

煙草盆を彦四郎の傍らに差し出した番頭が、

「若親分方、御用旅とも思えないね」

と言い出した。

「此度《こたび》は御用じゃあございません。親分の代参で府中宿の六所明神社に参るところです」

と政次が答え、彦四郎が煙草をくゆらしながら、四人の間柄から政次としほの結婚話まで披露した。

「それはおめでとうございますな。こちらの美しい娘さんが若親分のお嫁さんでございますか。内裏《だいり》様とお雛様のような夫婦だ、これで金座裏もひと安心にございますね」

と番頭が愛想で応じたとき、ようやく亮吉が姿を見せた。

「若親分、すまねえ」

「亮吉、こちら様に厠をお借りした詫びが先ですよ」

政次にぴしゃりと注意された亮吉が、

「おっと、しくじった。番頭さん、断りもなしに厠を借りる仕儀に立ち至り、面目次第もございません。わっしは、江戸は千代田の城近く、金座裏の御用聞き……」

「みなまで言いなさるな、どぶ鼠の亮吉さんですな」

「ありゃ、おれの名前は幡《はた》ヶ谷《や》界隈《かいわい》でも有名か」

「亮吉、抜かせ。暇潰しにおれがおまえの身上を洗いざらい話したから、番頭さんも承知なんだよ。ともかく朝餉にとろろ飯を丼で二杯も掻き込んで腹痛を起こすような野郎は、一緒にいけねえ、この旅籠においていくから覚悟しな」

「半鐘泥棒の兄さん、うちもお断り申します」

彦四郎と番頭の間に再び冗談の応酬が始まり、政次がしほに目配せした。

しほが懐紙になにがしか厠の借り賃を包み、そっと座布団の下に残した。

「亮吉が元気になったところで出かけようか。番頭さん、邪魔をお掛け申しましたね。江戸に出てこられる折には、金座裏を訪ねてくれませんか。今日のお礼に江戸見物の案内くらい致しますから」

と政次が番頭に言いかけ、

「若親分、その言葉、信じていいかねえ。江戸見物は格別したくもないが、将軍様の江戸入りと同じ歳月を城端で重ねてこられた金流しの親分の家を見物したいもんで」

「番頭さん、お安い御用だ。この亮吉がぽーんと請け合ったぜ」

と小柄な胸を叩き、

「どぶ鼠の兄さん、腹も身の内です。道中皆さんに迷惑を掛けぬようにしなさいよ」

と番頭が一行を送り出した。

「四半刻《しはんとき》（三十分）もよ、厠にしゃがんでいたら足は痺《しび》れる。腹下しで腹ん中はすっからかんになる。足に力が入らないぜ」

「亮吉、おまえ一人、やっぱり金座裏に戻れ」

「彦四郎、おれたちは餓鬼の時分から助けたり助けられたりした間柄だ。冷たいことを言うねえ」

「亮吉、おれはおめえに迷惑を掛けられた覚えはある、助けた記憶もある。だがな、迷惑を掛けた覚えも助けられた記憶も指先ほどもねえ」

と素っ気なく彦四郎が言い、亮吉が、

「そりゃ、手厳しくねえか。彦の面倒、見た気がするがな」

と首を捻《ひね》った。

旧暦二月も下旬に近い。街道に梅の香が馥郁《ふくいく》と漂い、鶯《うぐいす》がまだ慣れない声で鳴いていた。

「若親分としほちゃんが祝言を挙げたらよ、これまでのような付き合いは出来ないのか」

「亮吉、そう杓子定規《しゃくしじょうぎ》に物事を考えることはないと思うよ。私たち三人がむじな長屋で育った事実は変えようもないもの」

「お言葉だが若親分、亮吉にはびしっとけじめを付けさせる意味でも、若親分と手先の間柄を弁《わきま》えさせねえといけない。この際だ、それが身に付くまでむじな長屋で一緒に育った過去は、なしにしたほうがいい」

「彦四郎、手厳しいね」

「政次若親分、最前からつらつらと考えているんだがね、宗五郎親分がおれまで加えて府中に旅させようという計らいには真意があるはずだ。もう、おめえらも放埒《ほうらつ》な独り者の時代は過ぎたんだぜと、けじめの旅に送り出されたんじゃないかと思う」

「えっ、この道中にはそんな深い意味が隠されているのか」

　亮吉は驚きの言葉を発すると考え込んだ。

二

一行は甲州道中金子村妙円地蔵の西で分岐する佐須《さず》村への道を辿《たど》り、梅の香りが村じゅうに漂い、鶯の声が長閑に響く深大寺村に到着した。

松並木の参詣《さんけい》道の辻《つじ》から門前町が形成されて藁葺《わらぶ》きの、

「名物深大寺蕎麦」

の店が軒を連ね、姉さま被《かぶ》りの女衆が参拝客に、

「帰りに寄ってくれろ、名物蕎麦を食っていってくれろ」

と声を掛けていた。

蕎麦屋の前に疎水が流れ、小さな水車が回ってがらがらと音を立てている。水車の中に桶《おけ》が仕込まれ、里芋でも入れて皮剝《む》きをしているようだ。

参道の奥に数段の石段と山門があって、その奥に浮岳山昌楽院《しょうらくいん》深大寺の本堂が見えた。

江戸の寺院に比してさほど大きな本堂とはいえなかった。だが、『深大寺縁起』によれば、創建はかなり古い。

天平五年（七三三）に満功《まんくう》により創建されたと記す。満功は旅の若者福満《ふくまん》と柏野《かしわの》の

村の長者の娘が娘の両親に反対されたものの、深沙大王《じんじゃだいおう》の助勢を得て結ばれ生まれた子と伝えられる。

　また室町期の深大寺僧長弁《ちょうべん》が記した『私案抄』には、天平宝字六年（七六二）に創建されたと異説を説く。いずれにしてもなかなかの歴史を有する寺だった。

　政次ら一行が訪ねた寛政期、寺は天台宗に属し、守り本尊は阿弥陀如来《あみだにょらい》であった。

「なかなかの佇《たたず》まいだな」

　彦四郎がゆったりとした時の流れに佇み、静寂を喚起させる水のせせらぎの響く深大寺の印象を語った。

「彦、おりゃ、佇まいより蕎麦で一杯飲みてえ」

　と腹具合が回復したか、亮吉が言い出した。

「亮吉さん、ほんとうに治ったの」

「内藤新宿のとろろは道中の旅籠の厠に出してきたから、もうなにがきても大丈夫だ」

「昼を抜いたほうが夕餉《ゆうげ》の膳が美味《おい》しく頂けるぜ、亮吉」

「若親分、おれだけ抜きか。生涯恨むぜ」

「蕎麦を食い損ねたくらいで一生亮吉に恨まれてたまるものか」

「ささっ、皆さん、本堂にお参りしましょう」

しほが先を促した。

山門といっても屋根があるわけではない。

石段の上に冠木門《かぶきもん》に似た門があって、一行が潜《くぐ》ると参拝客相手にか、竹笊《たけざる》や鍬鎌《くわかま》など農具を売る露店が何軒か出ていた。

「毎月三日元三大師《がんさんだいし》の縁日なれば、諸商人爰《ここ》に集ひ一切の農具古着類の市立ちて、近郷の男女来り来り繁昌せり」

と『遊歴雑記』に深大寺の市の賑わいを記す。市の日ではなかったが、ぽつんぽつんと訪れる参拝客相手に露店が商いをしていた。

「政次さん、この界隈の景色を描く時間があるかしら。蕎麦を食べるのを諦《あきら》めてもいいわ」

しほが言い出したのは本堂にお参りした後のことだ。

「旅の醍醐味《だいごみ》は寄り道にあり、だ。江戸でしほちゃんの絵を楽しみにしておられる方もいることだ。せいぜい絵筆を走らせるといい」

しほは政次の許しに早速背に負ってきた包みを下ろし、絵筆と画帳を取り出して、絵筆の穂先を境内を流れる清水で濡《ぬ》らした。

「しほちゃん、おれたち、先に蕎麦屋に上がって一杯やっているが、いいかねえ」

亮吉が言い出したが、

「江戸の喧騒《けんそう》を離れて、時に悠久の風に身をおくのも命の洗濯だぜ、亮吉」

政次に窘《たしな》められて、

「致し方ねえ、彦、境内をふらつくぞ」

と彦四郎を誘った。

亮吉は亮吉なりに政次としほが二人っきりになる時間を作ったつもりだ。

政次はしほの姿が見える本堂傍らの回廊に腰を下ろした。

大師堂の北の山側から湧き出す清水は、旱魃《かんばつ》の年にも涸《か》れることなく近隣の住人の喉《のど》を潤し、蕎麦を育てていた。

しほは、清水が流れ出す傍らの岩にまず場所を定め、深大寺春景色を描写し始めた。

しほが最初に描いたのは政次が春風に吹かれて本堂の回廊に腰を下ろす姿だ。江戸では見られないのんびりとした政次の表情を、さあっと早描きした。さらに境内に一基ある水車が音を立てて回る光景を画帳に残した。

絵の具は持参したが、色付けすることは考えていない。それより参拝客や露店商人の表情やら次から次に描き残しておきたいものがあった。

（色付けは江戸に戻っての楽しみにしよう）

いつしかしほは絵三昧《ざんまい》の世界に没入した。

そのとき、政次は山門を潜って姿を見せた爺様《じいさま》と孫娘らしい二人連れになんとなく目を留めた。

風体《ふうてい》から察して土地の住人ではなさそうだ。しかし、江戸の人間にしてはなりが野《や》暮《ぼ》ったい。だが、十五、六の孫娘は、鄙には稀《まれ》の整った顔立ちをしていた。

爺様は還暦を一つ二つ過ぎた年恰好《かっこう》か。頭の髷《まげ》は七分どおり白かった。

孫に向ける慈愛に満ちた眼差《まなざ》しが微笑《ほほえ》ましかった。

二人の恰好は旅仕度で、爺様は竹杖《たけづえ》を携えていた。青竹を挽《ひ》き切って作った杖ではない。古色を帯びた竹の根を握りにした、凝った造りの竹杖だった。飴《あめ》色の竹の節に漢詩か、詩句の一節が刻んであった。

本堂の傍らに杖を立てておいた老人は、印傳《いんでん》の財布から一分《いちぶ》金《きん》を出して賽銭《さいせん》箱に投げ入れた。

（おや、気前がいいな）

と政次はその行動に目を留めた。まず賽銭に一分を張り込むのは珍しいからだ。

老人と孫は熱心に手を合わせていたが、どこか安堵《あんど》したように瞑《つぶ》っていた目を開けた。

「爺様《じじ》、おっ母《か》さんの病が治るようにお参りしたの」

「まあ、そんなところだ。だが、おふさ、この世の中には神仏に願ってもどうにもならないこともある」

「おっ母さんの病は治らないというのね」

「治ってほしい。だが、なにがあってもいいように覚悟はしていたほうがまさかの場合、おふさの気持ちが楽になろう」

そんな会話が回廊に座ってのんびりと陽《ひ》を浴びる政次の耳に入った。

大枚一分金を賽銭箱に投じたのは、孫の母親の病平癒《へいゆ》の願いがあったからか。政次は得心した。

他人の目には幸せそうに映っても、人間だれしもがそれぞれ悩みを抱えて生きていた。そんな感慨を二人の会話から政次が感じたのは旅の感傷だろうか。

不意に深大寺境内前に駕籠が乗り付けられ、長閑だった深大寺界隈の空気が急に乱れた。

駕籠から出てきたのは小太りの体を絹物に包み、手に派手な銀拵《ごしら》えの長脇差《わきざし》を携えた壮年の男だった。

男は、ふうっと息を吐くと本堂前に視線を投げ、松並木の参拝道を振り返った。すると五、六人の子分らが走ってくるのが政次の目に留まった。

どう見てもやくざ渡世の親分と子分だ。

深大寺境内のショバを仕切る香具師《やし》の親分か、と政次が考えたとき、のっしのっしと本堂前に歩み寄った親分が、

「水臭せえな、石塚《いしづか》の父《とっ》つぁんよ」

と竹杖の老人の背に話しかけた。

孫娘おふさの痩《や》せた体がびくりと怯《おび》えた様子を見せたが、

「石塚の父つぁん」

と呼びかけられた爺様は、悠然と振り向いた。

「彦蔵《ひこぞう》、孫と二人だけの道中、邪魔をしないでくれないか」

「勝手な言い分だぜ」

「そうかねえ」

と長閑な口調で応じた老人が、

「彦蔵、どんな世界にも主従や身分があってな、上下のけじめはつけるもんだ。その昔、おめえはおれの子分だった男だ。おれの許しで一家を構えた人間だったたってえの

を忘れたか」

「そう、おまえさんの下で雑巾《ぞうきん》がけから随分とこき使われたっけな。だが、お礼奉公は十分過ぎるくらいさせてもらったぜ。もう貸し借りはねえ」

「貸し借りでしかものが見えねえか」

と吐き捨てた老人が素っ気なく聞いた。

「何の用だ」

「おめえがあの世に行く前にくっ喋《ちゃべ》っていくことがねえかえ、父つぁん。先から何度も事を分けて話したつもりだがね」

「彦蔵、子分を大勢抱えて虚勢を張る真似《まね》は覚えたようだな。昔はもうちっと理が分かる男に思えたが、事の是非も区別つかなくなったか」

「なにっ！」

と意気込んだのは遅れて到着した子分の一人だ。

政次は石段を上がってくる浪人者を見ていた。

月代《さかやき》はいつ剃刀《かみそり》を入れたのか、醜くも毛が伸びて、髷も乱れたままだ。だが、着ているものも腰の大小もなかなかの代物、金回りがよいことを示していた。

年の頃、三十七、八の浪人の口の端に箸《はし》と見紛《みまが》う黒文字があった。

「父つぁん、ここでは話もできねえ、場所を用意してあらあ。そちらにお移り願って今日はとくと話を詰めるぜ」

「勝手なことを抜かすねえ、彦蔵」

「彦蔵、彦蔵って親分のことを呼び捨てにしやがって、聞き苦しいぜ」

兄貴分が言い放つと顎《あご》で弟分らに命じた。

「ささ、行ったり行ったり」

孫娘の手を取ろうと近付いた子分の額へ老人の竹杖が一閃《いっせん》した。なかなかの手練《しゅれん》で、
こつん
と打ち据え、

「あ、いたたた」

と子分がその場にしゃがみ込んだ。

「やりやがったな、二人をこの場から連れ出せ」

と兄貴分が大声を上げて命じたとき、

「止《や》めな、止めな」

という亮吉の声が本堂の陰からして、亮吉と彦四郎が姿を見せた。

「なんだ、てめえら、田舎《いなか》芝居のその他大勢のわいわい組か。おっそろしくちっけえ

野郎と棺桶《かんおけ》にまともな恰好で入りそうもねえ野郎の二人組だぜ」

と兄貴分が二人を睨《にら》み付けた。

「亮吉、おれが棺桶に入るか入らねえか、余計なお世話と思わねえか」

「彦、おれもちっとばかり怒りの虫が治まらねえや」

と仲間同士で掛け合った亮吉が、じろり、と一同を睨み回した。

「田舎芝居のその他大勢わいわい組と抜かしたな。やい、田舎やくざ、駆け出し、半端もん、てめえら、耳の穴よくかっぽじって聞きやがれ。この亮吉様、江戸は千代田の御城の御堀端、鎌倉河岸裏のむじな長屋で産湯《うぶゆ》を使った、ちゃきちゃきの神田っ子のお兄《あに》い様だ。てめえらのような肥臭《こえくせ》え田舎やくざと違うんだよ。長じてむじな長屋をお出になられた亮吉様が奉公した先を聞いて驚くな。千代田城常盤《ときわ》橋前に鎮座するお上《かみ》の金蔵、金座裏の東方を固めてきた金座裏の九代目宗五郎親分の下だ。おうおう、てめえら、代々の公方様がお許しになった金流しの十手の威光を知るめえな。知らなきゃあ、九代目の一の子分の亮吉様が見せてやろうか」

亮吉の啖呵《たんか》にびっくりした様子を見せたのは、

「石塚の父つぁん」

と呼ばれた杖の老人だけだ。

「ごたごたと御託《ごたく》を並べるちびだぜ。だれか捻り潰せ」

と彦蔵親分が子分に命じた。

「待った」

と彦四郎が大きな片手を差し出した。

「なんだ、背高野郎」

「亮吉が名乗ったんだ。おれにもなんぞ御託を並べさせろ」

「ふざけるな」

子分の一人が彦四郎の向こう脛《ずね》を蹴《け》ろうと考えたか、下駄《げた》の先で蹴り上げようとした。だが、彦四郎の手足の長さを計算に入れてなかったと見え、大きな手が突っ込んでくる子分の脳天を摑《つか》んで、ぴたりと止めた。それでも子分は、

「放せ、野郎」

と下駄を履いた片足を蹴り伸ばしたが、彦四郎には届かなかった。

その様子を窺っていた亮吉が敏捷《びんしょう》に動くと片手で頭上から押さえられて動けない子分の股間《こかん》を反対に蹴り上げた。

ぎゃあっ！

と絶叫した子分がその場に尻餅《しりもち》をつくと転がり回った。

「やりやがったな」

「ちびとのっぽの二人から畳んでしまえ」

「おうっ」

と子分たちが一斉に長脇差を抜き放った。

亮吉も懐《ふところ》に忍ばせてきた短十手を取り出した。

彦四郎は素手だ。

「叩《き》き斬れ」

彦蔵が最後の命《めい》を下した。

「お待ちなさい」

回廊に腰を下ろしていた政次が、

ぽーん

と飛び下りて、

「深大寺の境内、血を見る騒ぎを起こしてはなりません」

とあくまで丁寧に言った。

「てめえはなんだ」

彦蔵が怒鳴った。

「この二人の連れにございましてね。金座裏の政次にございますよ」

「仲間か」

「馬鹿野郎、てめえら、度し難い田舎者だな。金流しの九代目の後継ぎ、政次若親分だ。てめえら、江戸の事情を知らねえ様子だから、事を分けて言い聞かせてやらあ。政次若親分は、赤坂田町《たまち》の直心影《じきしんかげ》流神谷《かみや》丈右衛門《じょうえもん》道場で五指には入ろうという剣術の達人だ」

亮吉が気持ちよく口上を述べ立てた。すると彦四郎までもが、

「問われもしねえのに名乗るのもおこがましいが、おれは龍閑橋の船宿綱定の船頭彦四郎だ。いいか、ただの半鐘泥棒じゃねえぞ、金座裏の政次若親分と並んで、江戸の関羽《かんう》と張飛《ちょうひ》様と噂《うわさ》される豪傑だ。素手だと思うて、甘く見るんじゃねえぞ。おれの素手で張り飛ばされた人間は、三年後にころりと死ぬという三年殺しの張り手だ、喰《く》らいたいか」

と一同を睨み回した。

彦蔵は政次らが三人と見たか、

「一息にやっちまえ」

と号令を発した。

政次は、背の帯に差し込んでいた銀のなえしを抜くと、石塚の父つぁんと呼ばれた老人と孫娘を庇《かば》うように参道前へと押し出した。それに彦四郎と亮吉が呼応した。

「わあっ、喧嘩《けんか》だ」

「いや、捕り物だ」

深大寺境内が急に騒がしくなった。

しほは、見物の衆の視線が喧嘩騒ぎに集まり、政次らも彦蔵一党に注視する隙《すき》に、騒ぎの原因となった年寄りと孫娘がそおっと境内から抜け出すのを見ていた。その容姿や顔付き、着物、持ち物を一瞬の裡《うち》に記憶すると画帳に次々と特徴を描き留めていった。

子分の一人が彦四郎と亮吉にやられたてまえ、彦蔵の子分らも一気に三人に襲い掛かってきた。

だが、こちらは捕り物慣れした三人だ。

亮吉が敏捷に走り回って相手の連携を崩し、政次が銀のなえしを右に左に振るって子分どもの足、腰、肩を打ちのめした。さらに彦四郎がよろめく相手に止《とど》めの張り手を嚙《か》ました。

あっ

という間もない早業だ。

残ったのは親分の彦蔵と用心棒侍だ。

「形勢が逆転したがどうするな、彦蔵親分」

と亮吉が余裕を見せて問うた。

用心棒侍が、
ぴたっ
と政次を睨み、気配もなく口を窄《すぼ》めると黒文字を吹き出した。黒文字の鋭利に尖《とが》った先端が虚空を裂いて政次の目を襲った。

政次の手の銀のなえしが翻《ひるがえ》って黒文字を叩き落とした。

「うっ」

用心棒侍が刀の柄《つか》に手をかけた。

「糞《くそ》っ」

「糞詰まりでも起こしたか、彦蔵。勝ち目はないと思うがねえ」

亮吉に言われて顔を紅潮させた彦蔵が、

「野郎ども、河岸の鮪《まぐろ》じゃねえ、ごろごろいつまで寝っ転がっているんだ。引き上げるぜ」

と親分の貫禄《かんろく》を見せんと虚勢の大声を張り上げた。そして、すごすごと深大寺の本堂前から姿を消していった。

「あれ、肝心の爺様と娘はどうした」

亮吉は境内のあちらこちらを見回して、驚きの声を上げた。

「亮吉さん、とっくの昔にあの二人、逃げ出したわ」

しほの声に、

「なんだ、礼の一つもなしか。汗掻いたのはおれっちだけだぜ」

「亮吉、騒ぎが鎮まればそれにこしたことはあるまい」

と政次が銀のなえしを腰帯に戻して、騒ぎが終息した。

三

深大寺前の蕎麦屋で名物の蕎麦を食べた一行は、深大寺参拝道の一つを甲州道中上《かみ》布田《ふだ》に出た。

府中宿まで二里とない。それだけに一行の足の運びに余裕はあったが、なんとなく釈然としないものが胸の中に残っていた。

「若親分、石塚の父つぁんと呼ばれた年寄りは、彦蔵の元の親分だとすると悪《わる》だぜ。

助けて損をしたかね」

亮吉が胸の中のもやもやを吐き出した。

「そうとばかりも言いきれまい。昔は悪党だったかもしれないが、今は足を洗ったということも考えられる」

「悪党がさ、今日から悪いことは止めましたって手を上げて済むなら、奉行所もおれたちもいらない道理だ」

「亮吉、気持ちは分からないじゃないが、私たちは親分の代参で六所明神に挨拶にいく身だ。あれこれと穿鑿《せんさく》しても旅をつまらなくするだけだ。止めようか」

と政次が亮吉を宥《なだ》めた。

「私、なんとなくまたあの二人に会うような気がする」

としほが言い出し、

「おれもだ」

と彦四郎もしほの考えに賛意を示して、

「さて、亮吉のもやもやが霧散するか、しないか」

政次も本心はどことなく収まりがつかない気持ちでいたからこう答えた。

上布田から下石原《しもいしわら》、上石原と布田五宿のうち三宿を通過した一行が、府中までの一里十町を一気に歩き通して、府中宿の大鳥居前に到着したのは七つ（午後四時）前のことだ。

しほを伴ったうえ、道草を食いながらも軽く七里ほどを歩き通したのは、さすがに江戸で歩きなれた政次や亮吉が先導したお陰だ。

府中宿、古くは、

「小野県《おのあがた》と称す。武蔵の国府にして上古国造居館の地なり」

と『江戸名所図会』に記される府中は、新宿、本宿、番場宿などに分かれてあり、旅籠も多くあった。

甲州道中の第一の宿場でもあり、かつ、鎌倉時代より武蔵国の総元締めとして国府が置かれ、奥羽街道の要衝でもあったから古くから人が集まり、殷賑《いんしん》を極めていた。それだけに堂々とした六所明神の門前町であった。

政次ら一行はいきなり旅の目的の六所明神社の大鳥居に出くわして、

「若親分、挨拶なしに旅籠に入っていいかねえ」

彦四郎が気にした。

街道の右手には大欅《けやき》の参道が延びて、流鏑馬《やぶさめ》神事に使われるのか馬場が参道に沿っていた。一方、街道の左は鬱蒼《うっそう》とした杉の大木が植えられた神域だ。

「まだ陽もある。旅塵を付けたままだが六所明神にご挨拶していこうか」

と道々決めてきた予定を変えた。

荘厳にして威を払う神域に足を踏み入れた一行の、汗を掻いた体をひんやりとした空気が撫《な》でていった。

武蔵国総社六所明神社の祭神は、

「大己貴命《おおなむちのみこと》」

であり、

「素戔嗚尊《すさのおのみこと》、伊弉冉尊《いざなみのみこと》、瓊々杵尊《ににぎのみこと》、大宮女大神《おおみやめのおおかみ》、布留大神《ふるのおおかみ》」

の五神を加えて六所明神と称した。

一行は手水舎《ちょうずしゃ》で口を漱《すす》ぎ、手を清めて随身門《ずいじんもん》を潜り、本殿に向かった。すると本殿の陰から人影が姿を見せて、政次らの姿を見た孫娘が、

「あら、爺様、深大寺で助けて頂いた皆さんよ」

と教えた。政次が見れば確かに彦蔵に、

「石塚の父つぁん」

と呼ばれていた年寄りだった。

「金座裏の若親分、最前は危ういところをお助け頂きながら、礼の言葉も申さず真《まこと》に

失礼を致しました。さぞ年寄りのくせに礼儀も知らないかと誹《そし》られたことでございましょう。彦蔵と関わりを持ちたくない一心でついあの場を逃げ出し、お恥ずかしいことにございます」

と年寄りが白髪《しらが》頭を下げた。

「なんの、怪我《けが》がなければそれでいいことです」

と答えた政次が微笑みかけた。

石塚の父つぁんがしばし沈思した後、

「江戸で名代の金座裏の若親分、一日に二度会うのも神仏のお諭《さと》しかもしれません。皆さんは今晩この宿場にお泊まりですか」

「はい。私どもはこの六所明神の宮司猿渡様を訪ねてきた身で、御用旅ではございません。親分の指図で中屋《なかや》平兵衛《へいべえ》様方に草鞋《わらじ》を脱ぐよう命じられてきました」

「門前の中屋様でしたか。面倒は承知にございますが、後ほどお邪魔してはいけませんか」

「袖《そで》すり合うも他生《たしよう》の縁、旅で知り合うのも六所明神社の功徳かもしれません。最前、御用旅ではないと申し上げました。旅の徒然《つれづれ》に訪ねられるのであればどうぞお好きなように」

政次の返事に石塚の父つぁんが大きく首肯すると、

「ならば後ほど」

と会釈して孫娘と一緒に随身門を潜り、杉の大木で残照が遮られた参道へと姿を消した。

「しほちゃんの勘があたったな」

と彦四郎が薄闇に溶け込むように没した二人の背を見送りながら言った。

「彦、しほちゃんの勘は確かにあたったさ。だがよ、もう若親分の下なんぞへ絶対に姿を見せないぜ」

「そうかねえ」

「彦、考えてもみねえ。相手は悪党、こっちは十手持ちだ。どう思案したところで相性がいいわけじゃあるめえ。餓鬼だって分かる道理だ」

「あら、そうかしら」

「今日はしほちゃん、えらくおれの考えに逆らうぜ」

「そうだったかしら」

と応じたしほが、

「私、なんだか、あの二人が訪ねてくるような気がするんだけどな」

と独り言のように呟《つぶや》いた。

「さあ、気持ちを改めてお参りしよう」

政次の言葉で四人は拝殿前に額《ぬか》づき、江戸からの旅の無事を感謝して拝礼した。

奥の院から太鼓の音が響いてお勤めが始まったようだ。

「やはり宮司の猿渡様には明朝お目にかかろう」

と政次がだれいうとなく言い残して参道に戻った。

いつしか杉の大木は黒々と大きな影と変じて聳《そび》え、枝の上には川鵜《かわう》が止まる姿があった。

宗五郎が政次に指示した旅籠中屋平兵衛方は大鳥居の前、脇本陣《わきほんじん》の近江《おうみ》屋と軒を並べていた。年寄りが言ったとおり欅並木の参道の直《す》ぐ前だ。

「立派な宿だぜ」

と彦四郎が躊躇《ためら》い、

「なんで府中宿は旅籠が多いんだ」

と亮吉が首を傾《かし》げた。

府中宿には本陣、脇本陣各一軒を含めて旅籠二十九軒が暖簾を掲げていた。そのどの宿も二階建ての造りで堂々としていた。

「亮吉、六所の宮の例大祭は暗闇祭りだよ。神輿《みこし》渡御の際、宿内の明かりを消して粛々と進む祭りの見物に江戸からも人出があると聞いたことがある」

「そうか、五月五日の暗闇祭りの神社がこの六所明神か」

と彦四郎が合点したとき、中屋から番頭風の男が出てきて、

「おや、大きな若い衆と、こりゃまた小さな連れと見目麗《みめうるわ》しい娘さんのご一行ですな。お泊まりですか」

と聞いた。

「番頭さん、おれたちは江戸の金座裏からきた者だ」

亮吉が言いかけるのを、
おっ
と驚きの声を上げた番頭が、

「みなまで申されますな。金流しの宗五郎親分の後継ぎご一行様ですね。親分から文が届いておりますよ」

と言うと奥に向かって、

「女衆、急いで濯《すす》ぎ水を四つ仕度して下さいな。金座裏の若親分のご一行様の到着ですよ」

と呼ばわった。

　四半刻後、政次ら男三人組は、中屋の大きな湯船に身を浸していた。

　早速二階の大座敷に案内された四人は番頭から、

「ただ今、女湯の番にございますよ。ご新造さん、まず湯にお入りになりませんか。さっぱりしますよ」

　と湯を勧めた。

　ご新造さんと呼びかけられたしほが顔を赤らめ、

「政次さん方の前に湯に入るなんて」

　と躊躇った。

「しほちゃん、旅籠には旅籠の段取りがあらあ。番頭さんの指図に従うのがなによりだぜ」

　亮吉がしほを促し、しほが先に湯に浸かることになった。

「お先に有難うございました」

　と湯上がりのしほが座敷に戻ってきて、男三人組が檜《ひのき》の湯船に身を浸すことになった。

「江戸から七里、旅に出るといろいろあるもんだな」

「内藤新宿で亮吉が自然薯のとろろ飯を丼二杯も朝から掻き込んだのが、騒ぎの発端だ」

「彦、忘れていたことを思い出さすねえ」

「私たちは長い付き合いだよ。三人にしほちゃんを加えて旅をしたなんて始めてだよ」

政次は改めて宗五郎の計らいに感謝した。

「御用旅はしても、こんな気楽旅はなかったよな。やっぱり親分は、むじな長屋の縁を考えてくれていたんだ」

亮吉までもがしみじみと言った。

「江戸に戻れば、政次としほちゃんの祝言だ。おれたち、こんな旅は二度とできねえものな」

彦四郎も言葉を添えた。

「おれがだれかとよ、祝言することになっても旅はなしだよな」

「亮吉、安心しな。おまえに嫁がくるあてはあるめえ」

「へえっ、ならば彦四郎、おまえに心当たりがあるのか」

「おれは大事な相手がいてもよ、亮吉のようにぺらぺら喋らねえ。明日、祝言を挙げると報告するだけだ」

おや、と政次は彦四郎の口調に驚かされた。なんとなく彦四郎の思いが言葉遣いに込められていたからだ。

「そうか、彦四郎は目当ての女《ひと》がいるんだ」

「若親分にゃ悪いが、亮吉の前ではなにも喋りたくねえ。一言でも洩《も》らしたら神田界隈に広まっちまうからな」

「水臭いぜ。おれたち、むじな長屋でくんずほぐれつに育った仲だぜ。少しくらい話を聞かせてくれてもいいじゃねえか。喋るなといえば、むじな亭亮吉、一言だって喋らないよ」

「駄目だ」

と彦四郎が拒み、湯船から真っ先に上がった。

夕餉の膳に酒を付けて四人で五、六合の酒を飲んで、寝る刻限になった。だが、石塚の父つぁんが姿を見せる気配はなかった。

「ほれ、見ねえ。悪党がおれっちの前にわざわざ姿を見せるものか。皆はまだ甘いんだよ」

と亮吉が言ったのは五つ半（午後九時）前の刻限で、控え部屋にしほの床が取られ、十畳間に政次ら三人が寝る段取りが出来た頃合だ。

「どうやら亮吉の勘があたったかねえ」

彦四郎ががっかりとした口調で言った。

床を敷きにきていた女衆が山出し言葉で、

「だれか訪ねてくるだか」

と聞いた。

「姉さん、話が聞きたいか」

と亮吉が得意げに深大寺以来の顚末《てんまつ》を告げた。

「そりゃ、こちらのちび助さんの推測があたりだべ、まんず姿を見せることはあんめい」

女衆が断言して座敷から消えた。

「騙《だま》されたのであれば致し方ないよ。なにしろ六所明神の本殿前の約束だからね」

「まあ、むじな長屋の政次が金流しの十代目の金看板を背負うには、人を見る目の修業がいるということよ」

と亮吉が小さな胸を反らした。

四人は再び釈然としない気持ちで眠りに就いた。

寝入り端《ばな》、政次らは番頭に叩き起こされた。

「金座裏のご一行、若い娘が皆さんを訪ねてお出《い》でですよ、どうしますね」

階下に下ります、と即座に政次が応じて廊下から階段を下った。従ってきたのは亮吉と彦四郎の男組だ。

「おふささんでしたね、どうなされたね」

不安げな顔付きで立っている孫娘に政次が優しく声をかけた。

「爺様はもう戻りましたか」

「戻ったもなにも、ここには姿を見せないぜ」

と亮吉が応じた。

「えっ、どうして。六つ半（午後七時）前にこちらを訪ねると旅籠を出たのよ。半刻《はんとき》（一時間）で帰ると言い残したのにあんまり帰りが遅いから迎えにきたの」

と、おふさが驚きの表情を見せた。その場に居合わせた番頭も、

「おまえ様の爺様が金座裏の一行を訪ねる算段だったか。うちには泊まり客のだれにも訪ねてきた人はいないよ」

と口を揃えた。

「どうしたの、爺様」

おふさが泣きそうになった。

「おふささん、おまえさん方が泊まる旅籠はどちらです」

「高札場前の武蔵屋《むさしや》です」

「うちとは一町と離れていませんよ、迷う筈《はず》もない」

「爺様の在所は八王子です、この界隈はよう承知しています」

番頭の言葉におふさが泣き顔で応じた。

「おふさちゃん、爺様は酒が好きか」

亮吉が聞いた。

「一滴も飲みません」

亮吉が政次を見た。

「おふささん、爺様とそなたは私たちと別れて旅籠に入られたのですね」

「その前に飛脚《ひきゃく》宿に立ち寄って店の道具を借り受けて文を一通書いて頼み、その後、武蔵屋さんに向かったんです。爺様は旅籠に入ると私に金座裏の若親分に会ってくる、せいぜい半刻で戻るからと言い残して出ていったんです」

政次が念押しするのにおふさが順序だって答えた。

「文はどなたに宛《あ》てたものかお分かりですか」

おふさが顔を横に振った。

「でも、飛脚屋の番頭さんとの話から江戸に出したものと思います」

「おふささん、深大寺で出会ったやくざ者の彦蔵親分の一味に爺様が拐《かどわ》かされたってことは考えられませんか」

「あっ！」

と驚きの声を上げたおふさが、

「彦蔵に爺様が捕まっているというのですか」

「深大寺の境内から姿を消したそなた方を彦蔵の手下が尾行していたとしたら、考えられなくもない」

「殺されるわ」

とおふさが真っ青な顔で言い切った。

しばらく沈思した政次が、

「おふささん、爺様を助けるには手がかりが要《い》ります。話を聞かせてくれませんか」

と願った。

「なんの話です」

「なんでもいい、おっ母さんの病の話でも構いません」

驚きの表情を見せたおふさの両目がぐるぐると動き、ゆっくりと頷いた。

「亮吉、おふささんをしほちゃんの座敷に通してくれないか」

「合点だ」

おふさを連れて亮吉と彦四郎が二階へと消えた。

「番頭さん、出入りの親分を呼んでくれませんか。土地勘のない私どもでは身動きつきませんのでね」

「若親分、娘さんが言うように殺されるってことも考えられますので」

「あるやもしれません。そいつをなんとしても阻止したい」

「宮町の茂兵衛《もへえ》親分を直《す》ぐに呼んできます」

と番頭が提灯《ちょうちん》を点《とも》すと外に出ていった。

四

六所明神の南に御田《みた》が広がり、朝靄《あさもや》が棚引いていた。

毎年五月五日の例大祭暗闇祭りが終わった六日、この御田に氏子が集まり、苗を各自が持ち寄って植え、白鷺《しらさぎ》の作りものや笠鉾《かさぼこ》を捧げ、御田の真ん中に笹《ささ》が付いた四本の竹を植えて御幣《ごへい》を飾って土俵を作り、その中で踊ったり、あるいは角力《すもう》に興じたりした。

この行事は豊作祈願のための御田植え神事の一環であった。

政次と土地の茂兵衛親分の二人は、田圃《たんぼ》に残る稲株の間を歩き回る白鷺の長閑な光景の中に血塗《ちまみ》れで転がる石塚の父つぁんの骸《むくろ》を見ていた。

細い流れから引き上げられた骸の全身に殴られたり蹴られたりした無数の傷が残っていた。

未明に通りかかった多摩川の渡し場の船頭が見付けて番屋に届け出た。それが茂兵衛の知るところとなり、さらに政次らに使いが立てられたというわけだ。

話は昨夜に遡《さかのぼ》る。

中屋の二階の座敷に茂兵衛親分が呼ばれ、政次らと顔合わせをした。

初老の茂兵衛は偶然にも八代目宗五郎とは知り合いとか、

「おお、おまえさんが十代目の宗五郎を継ぐ若い衆か。なかなかの偉丈夫《いじょうふ》、これで九代目も安心だ」

と喜んでくれた。

「茂兵衛親分、八代目と知り合いとあれば好都合、相談に乗って下さいまし」

と政次が六所明神を九代目宗五郎の代参で訪れたこと、その道中深大寺の本堂前で関わった騒ぎ、さらには六所明神の本殿前での石塚の父つぁんと孫娘のおふさとの再会話などを手際よく告げた。

話を聞き終えた茂兵衛が、

「おふさ、おめえの爺様は、その昔、八王子宿を縄張りに威勢を張った渡世人、石塚の八策《はっさく》親分だな」

おふさがこっくりと頷いた。

「承知でしたか、おふささんの爺様を」

政次が茂兵衛に念を押した。

「今から十数年前、寛政と元号が改まった頃かね、八策親分が渡世人から足を洗い、それぞれ子分どもになにがしかの金子《きんす》を渡して、これで小商《こあきな》いでもしねえと一家の解散を命じたことがあった。おれたちは、あれほど威勢を張った石塚一家があっさりと解散したものだと驚いたものさ。あとで知った話だが、八策親分の後継ぎの倅《せがれ》、喜太《きた》郎《ろう》さんは小さな時から病がち、一家を束ねる覇気が足りないや。それでも所帯を持てば体調も変わろうかと一縷《いちる》の望みを八策親分は期待したらしい。江戸から知り合いの娘を迎えて喜太郎さんとかずさんが所帯を持ち、子供も生まれたという話を聞いたことがある」

　おふさが小さな声で、

「二人の間に生まれた子が私です、親分」

　と茂兵衛の言葉を補った。

「そうじゃないかと思っていたぜ」

　と、こちらも頷き返した茂兵衛親分が、

「親父《おやじ》さんは、確かおまえさんが生まれたばかりの頃に亡くなったんだったな」

「二つの時だそうです。私はお父つぁんの顔を全く覚えておりません」

「二つではな」

　と応じた茂兵衛が政次に目を向け、

「金座裏の若親分、八策親分が三代続いた石塚一家の看板を下ろし、子分どもに正業に就けと諭して別れたのはそんな理由があったからだ」

　と説明した。さらにおふさに、

「おふさ、爺様とおめえらは八王子を離れて、江戸に出たんじゃなかったか」

「おっ母さんの実家が北品川歩行《かち》新宿の善福寺《ぜんぷくじ》前で口入屋《くちいれや》を営んでおります。爺様が善福寺の裏手に小さな家を建てて、おっ母さんが家の手伝いをしながら静かに暮らしてきました。爺様の楽しみは成田山新勝寺詣でや、大山参りをご町内の皆さんとすることでした」

「おふさ、倅は亡くなったが嫁と孫に囲まれていい老後だ、うらやましいぜ。此度、八王子に戻るにはなんぞ理由があったのかねえ」

「親分、おっ母さんが労咳《ろうがい》を患い、医師様からそう長くはあるまいと去年の暮れに告げられたことが八王子行きの切っ掛けでした。おっ母さん、最後に八王子を訪ねて、お父つぁんの墓参りがしたかったのです。でも、もう体が言うことを聞きません、だから爺様と私がおっ母さんの代わりに」

「おふささん、およその事情は分かりました」

と頷いた政次は、おふさにさらに訊《き》いた。

「彦蔵が爺様とおまえ様方の暮らしに目を付け始めたのはいつのことです」

深大寺の様子は偶然に出会ったものとは思えなかったからだ。

「彦蔵親分が手土産を持って、最初に品川の家に姿を見せたのは、一年半も前のことだと思います。爺様は、ようここが分かったなと驚いておられました。でも、昔のお仲間、無下《むげ》に追い返すわけにもいかず相手をしておられましたが、爺様が、彦蔵、勘違いをするな、てめえとはもう縁を切ってあると怒鳴って追い出されました、それが最初のことです。その後も子分を連れては時折姿を見せて、爺様を宥めたりすかしたりしている様子が窺えました。でも、爺様は相手にしませんでした」

「おふささん、彦蔵はなにを爺様に願っていたのか、おまえさんに分かりますか」

おふさが首を横に振り、

「おっ母さんにも尋ねたことがありますが、おっ母さんも分からないって」

「昔の因縁が二人の間に残っていたのだろうか」

政次の呟きにおふさも答える術《すべ》も知らず、茂兵衛親分も複雑な顔付きで語ろうとはしなかった。

「ともかく八策さんを拐かした者がいるとしたら彦蔵一味だろうな。あいつの縄張りは、堀の内のお祖師様の妙法寺《みょうほうじ》界隈と聞いたことがございます。金座裏の若親分、今晩の内にうちの手先を堀の内に走らせます。ですが、深大寺の一件といい、此度の騒ぎといい、あいつら、堀の内にはいませんね。一家を挙げてこの近辺に出向いていますぜ」

と茂兵衛が託宣し、夜が明けるのを待つことにした。

そんな最中に凶報が飛び込んできたのだ。

政次はおふさに内緒でまず石塚の八策かどうか確かめることにして亮吉だけを供に

御田に駆け付けたのだ。

その亮吉は、死体がおふさの爺様の石塚の八策と確かめられると、中屋に急ぎ走り戻っていた。


「茂兵衛親分さん、このひどい折檻《せっかん》をどう見ます」

「なんぞ隠し事を吐かせようと石塚の八策爺を責め立てた」

「爺様は喋ったのでしょうか、それとも喋らなかったから殺されたのでしょうか」

「まず八策爺は喋っておりますまい。痩せても枯れても八王子で威勢を張った石塚の八策三代目だ、昔の子分の責めに喋るものですか」

渡世人時代を知る様子の茂兵衛が答えた。

「さて、問題は彦蔵が執拗《しつよう》に八策爺に迫った話です。親分さん、なんでございましょうな」

「金座裏の若親分、孫のおふさの前で昔の噂をするのもなんだと遠慮したことがございますんで」

「ほう、それは」

「八王子宿から青梅にかけては機織物の産地にございましてな、羽振りのいい旦那衆がおられます。石塚の八策親分は、懐具合のいい旦那衆をあちらこちらの寺なんぞに集めて賭場《とば》を開いておりましてね。石塚の親分は、寺銭《てらせん》だけで年八百両だなどと口さがない噂が流れていたのを覚えていますよ。確かに八策は、倅の喜太郎が亡くなったことが切っ掛けで渡世人を辞めたのでございましょう、賭場に使った八王子界隈の寺社仏閣にかなりの額の金子を喜捨《きしゃ》したと聞いています。さらに子分たちに小商いの元手を配った。それにしても千両や千五百両の小判を懐に残すことができたからこそ、八王子から江戸に出たともいえましょう。此度の一件、彦蔵が石塚の八策の蓄財に目を付けてのことではございませんかえ」

と老練な茂兵衛が穿鑿した。

田圃の畦道《あぜみち》を戸板や筵《むしろ》を持って、男たちがやってくるのが見えた。

石塚の八策を府中宿の番屋に運ぶ男衆だ。

「若親分、彦蔵の魂胆はただ小判に目が眩《くら》んでの行動にございましょう。八策ですがね、江戸に出て十二、三年余り、未《ま》だ大金を所持していたんでしょうか」

「茂兵衛の親分さんは八策爺の為人《ひととなり》をご存じです」

「成田山新勝寺や大山参りが道楽だったとすれば、その都度かなりの額を寄進していますぜ。となるとせいぜい葬式代くらいしか残っておりますまい」

と茂兵衛が答えたとき、男衆が到着して流れの岸辺に横たえられていた石塚の八策の亡骸《なきがら》を戸板に乗せ、筵を掛けた。

春の日差しが、さあっ、と六所明神の御田を照らし付けた。

そのとき、

「爺様！」

とおふさが叫ぶ、悲しげな絶叫が御田一帯に響いた。

政次が振り向くと、六所明神社の裏手の岡の上におふさの姿があって、叫んでいた。

その傍らには亮吉と彦四郎が従っている。

武蔵野を立川《たちかわ》から布田五宿にかけて段丘が走り、高台にある六所明神の境内と御田とは高さ三丈余（約十メートル）の起伏があった。この段差を土地の人々は、

「ハケ」

と呼んだ。

ハケ下からは清水が湧き出し、山葵《わさび》田があって、水車もくるくると回っていた。

なだらかなハケに梅林が広がり、御田へと下りる坂がその梅林の間を縫っていた。

おふさが走り出した。

そのとき、ばらばらと彦蔵と子分、さらに口に黒文字を咥《くわ》えていた用心棒侍らが突

然姿を見せて、おふさを取り囲もうとした。

「あやつら、今度はおふさを拐かすつもりだぜ、金座裏の若親分」

茂兵衛の声を背に聞いた政次は、御田の畦道をハケに向かって走り出していた。そして、不意を突かれた亮吉と彦四郎が必死でおふさを助けようと梅林の坂道を走り下りるのが見えた。が、その前に彦蔵の子分らが立ち塞《ふさ》がり、立ち回りが始まった。

梅林の一角に馬が数頭繋《つな》がれているのを見た政次は、そちらに向かった。

おふさがハケを横手に逃げようとして転び、機敏に追いかけてきた彦蔵と兄貴分が体を押さえ込むと、抵抗する娘の体を一息に抱え上げ、馬へと向かった。

政次と彦蔵らの競走になった。

馬までの距離は断然彦蔵らが近かった。だが、暴れるおふさを抱えているせいで、なかなか馬までの距離が縮まらなかった。

石塚の八策親分の骸が見つかった御田の細流からハケ下までたっぷり二町はあった。

政次は必死で走った。

畦道から枯れ田へと伝い、流れを飛び越えて走った。

馬に担ぎ上げられて逃げられたら人の足では追いつかない。

彦蔵らがようよう馬に辿り着き、おふさを鞍上《あんじょう》に乗せようとした。

爺様が殺されたことを知ったおふさも必死に抵抗した。

「おふささん、もう少しの辛抱だ」

政次は最後の半町に差し掛かっていた。だが、ハケ下には川幅一間半の疎水があって右手の土橋へと回り込まなければならなかった。そうなれば、時間がかかる。

政次は咄嗟《とっさ》に田圃から畦に駆け上がると一気に疎水を飛んだ。

どさり
と疎水の土手の斜面に飛び下りた政次は、土手に生えた草を摑んでなんとか疎水に転がり落ちるのを食い止めた。

馬がひひーんと嘶《いなな》いた。

彦蔵が鞍上におふさを横抱きにして跨っているのが見えた。

「待て、彦蔵」

政次は背の帯に斜めに差し込んでいた銀のなえしを抜くと、柄頭《つかがしら》の銀環に結わえ付けられた平織の紐《ひも》を一気に解き、一尺七寸余（約五十二センチ）のなえしを馬上の彦蔵に投げ付けた。平紐がするすると伸びて、馬腹を蹴ろうとした彦蔵の胸に当たり、
ああっ
と叫んだ彦蔵がずってんどうと落馬した。そうしておいて、

どうどう
と馬を宥めて走り出そうとするのを止めた。

「野郎、邪魔立てしやがって」

兄貴分が匕首《あいくち》を片手に突っ込んできた。

政次は左手首に回した平紐を一気に引いた。すると力を失い地面に落ちていた銀のなえしが再び力を得て蘇《よみがえ》り、兄貴分の横鬢《よこびん》を、
がつん
と打ってその場に転がした。

馬が暴れた。

「おふさちゃん、飛び下りるんだ」

裾が乱れるのも構わずおふさが馬の鞍《くら》から滑り下りた。

「よし」

政次は、おふさを背に回した。

「許せぬ！」

口の端に咥えた黒文字を吐き捨てた用心棒侍が刀を引き抜くと、政次に斬りかかってきた。

政次は右手一本に保持した銀のなえしで受けた。なえしには刀の鍔《つば》にあたる防具も十手の鉤《かぎ》もない。それゆえ相手の刃となえしを合わせることは禁物だ。そこで八角のなえしで受けると思わせて弾《はじ》いた。

きーん

と金属音を響かせ、刃が虚空に煌《きらめ》いた。

政次は、なえしを引き付けると片手正眼《せいがん》においた。

相手は弾かれた剣を八双《はっそう》に立て直した。

刃渡りは二尺六寸余（約八十センチ）か、身幅の厚い豪剣だ。

政次のなえしとは九寸の差があった。

「町人の分際で図に乗りおったわ」

八双の剣を右肩前に引き付けると、

ぐいっ

と虚空に突き上げた。

その姿勢のまま数拍の間があって雪崩《なだれ》るように踏み込んできた。

政次も長身を屈《かが》めて思い切りよく相手の内懐に飛び込んだ。

刃が政次の肩口に触れたと思われた瞬間、銀のなえしが、

ごつん
と鈍い音を響かせて相手の眉間《みけん》を叩き、一気に骨を砕いていた。

ぎえぇっ
用心棒侍が腰から一気にその場に崩れ落ちた。

ふわっ、と血の臭《にお》いがハケの梅林に漂い、梅の香りと混じり合った。

暴れる馬の下で彦蔵が必死で逃げようともがいていた。

政次は馬の手綱《たづな》を摑むと梅の枝に結び付け、再びどうどうと宥めた。

馬が落ち着き、彦蔵が這《ほ》う這《ほ》うの体《てい》で立ち上がった。

政次の手からなえしが飛び、肩を打った。すると前のめりに彦蔵がハケの斜面に転がった。

政次は、おふさの無事をまず確かめた。

「怪我はありませんか」

「あ、ありません」

「よかった。そなたの爺様ばかりか、そなたの命まで落とさせては金座裏の面子も立ちませぬよ」

「若親分、爺様はほんとうに」

「無残にも責め殺されました」

「いったいだれが」

「そなたを拐かそうとした彦蔵の仕業にまず間違いありますまい」

「なぜ、彦蔵は爺様を殺したのですか」

　そこへ茂兵衛親分が駆け付けてきて、

「さすがに江戸の御用聞きは機敏にございますな。わっしら、年寄りの出る幕はねえ」

　と苦笑いした。

「いえ、おふささんにまでなにかがあってはと必死だったのでございますよ」

「若親分、そう聞いておこうか」

　茂兵衛がおふさに視線を移し、

「彦蔵の野郎、おまえの爺様が溜《た》め込んだ小判に目が眩んで殺しまでやってのけやがった」

「なんてことを」

　と呟いたおふさが、

「爺様の道楽は寺社巡り、今春の成田山行きの寄進ですっからかんになったと爺様がおっ母さんに笑いながら説明しておられました」

「おふさ、ほんとうの話か」

「親分さん、爺様は此度の八王子行きの費用《かかり》もおっ母さんから借りたくらいです」

「おやまあ、彦蔵の野郎、欲に目が眩んで昔の親分の懐具合も気持ちも察しがつかなかったかえ」

と茂兵衛が苦笑いし、

「おふさ、爺様と対面しねえ」

戸板に乗せられて八策の亡骸が梅林の中に下ろされた。筵が取られて、

「ああっ、爺様」

というおふさの泣き声がハケ一帯に響き渡った。

第二話　内密御用

一

政次《せいじ》ら四人の府中旅は一晩泊まりの心積もりだった。

しかし、騒ぎに巻き込まれた上、石塚《いしづか》の八策爺《はっさくじい》の死とその後始末に府中宿に留《とど》まらざるをえない仕儀に立ち至った。

政次は土地の親分茂兵衛《もへえ》と相談した後、江戸の金座裏《きんざうら》に飛脚を立てて、養父であり親分の宗五郎《そうごろう》にその事情を書き送った。

八策の検視が速やかに府中宿で行われ、おふさを喪主にかたちばかりの弔いが営まれることになった。

八策が殺された場所が六所明神《ろくしょみょうじん》の御田《みた》であり、六所明神は昔から府中道中、鎌倉《かまくら》街道の往来の途次、亡くなった旅人の魂を受け入れてきた仕来《しきた》りもあって、このような扱いにも慣れていた。そこで六所明神猿渡忠寧宮司《さわたりただやすぐうじ》の手による弔いが決まったのだ。

政次としほは、石塚八策の弔いの場で猿渡宮司と初めて対面した。互いが思いもかけないかたちでの顔合わせだった。政次が名乗ると、

「江戸の宗五郎親分から政次さんとしほさんが挨拶《あいさつ》にみえるとの書状を貰《もら》い、もうそろそろと思うておりましたが、まさかこのような仕儀でお目にかかろうとは」

と猿渡宮司も驚きの様子で応じた。

おふさのほかに政次一行、茂兵衛親分らわずかな人数が参列しての神殿前での弔いは直《す》ぐに終わった。政次が、

「おふささん、おまえさんしか爺様の後始末はできぬ。亡骸《なきがら》はどうなさるおつもりですか」

と孫娘に聞いた。むろんなにかやることがあれば手助けする気での問いだった。

江戸時代、旅で行き倒れた者は、大概その土地に葬られるのが慣わしだ。

爺様の骸《むくろ》に会った瞬間、哀《かな》しみに泣き叫んだおふさだったが、その後は気丈にも落ち着きを取り戻して、急変した運命を受け入れようと必死で努めていた。

「若親分さん、爺様と私は、私のお父《とっ》つぁんの墓参りに八王子宿にいく道中でございました。幸い府中宿から八王子宿は遠くないと聞いております。爺様をお父つぁんの墓に埋めたいです、きっと江戸のおっ母《か》さんも得心してくれます」

おふさが言い切った。

府中宿から多摩川にかかる染谷《そめや》の渡しと日野宿を挟んで、八王子宿まではおよそ四里弱だ。

「よう決心なさいましたな」

政次がおふさの判断を褒めた。すると亮吉《りょうきち》が、

「若親分としほちゃんは、府中に残りねえな。おれと彦四郎《ひこしろう》の二人でおふささんの供をしてよ、八王子を往復してこよう。明日じゅうにはこちらに戻ってくるぜ」

と未《いま》だ宗五郎の命を果たしていない政次の身を案じて言い出した。同時に亮吉はおふさの身を考えていた。

おふさは、江戸に病の母親を残しての旅だった。墓参りを終えたら爺様と江戸に戻る腹積もりだった。それが思いもかけない悲劇に見舞われ独り旅になったのだ。

江戸への帰路をどうするか。

政次一行と同道して江戸に戻ったほうがなにかと安全だし、気が紛れることは確かだった。

「亮吉、彦四郎、そう願えるか」

亮吉の気持ちを察した政次は八王子宿への往復の路銀《ろぎん》と八策の埋葬代を持たせた。

亮吉らは早々に八策の骸を早桶《はやおけ》に納めて人足《にんそく》二人に棒で担がせ、府中宿を発《た》っていった。

政次としほは、一旦中屋《いったんなかや》に戻ると旅籠《はたご》の湯で身を清めて道中着の塵《ちり》を払って再び六所明神社に参内した。

二人を猿渡宮司が改めて本殿で迎え、祝言《しゅうげん》を前にした二人の身を浄めるお祓《はら》いの儀が執り行われた。

「九代目宗五郎さんは未だ壮健の上にこうして後継ぎが決まった。金座裏の一家繁栄家内安全は間違いございますまい」

猿渡宮司の言葉に二人は深々と頭を下げ、宗五郎から預かってきた榊《さかき》代を神殿に納めた。これでようやく政次は宗五郎の務めを果たしたことになる。

「それにしても若親分がおられたおかげで、うちの御田を血で穢《けが》した騒ぎも早々と始末がつけられました。祭神大己貴命《おおなむちのみこと》も若親分の胸のすく活躍を見守っておられましたぞ」

「恐れ入ります」

猿渡宮司が政次に、

「石塚の八策爺が殺された御田のお祓いを致しとうございます。お二人、ご一緒にどうですか」

と誘い、即座に政次もしほも参列することにした。

再び政次が御田に下ってみると凶行の場に注連縄《しめなわ》に繋《つな》がれた四本の笹竹《ささだけ》が立てられ、祭壇が設けられていた。

六所明神の神の田を浄める祝詞《のりと》が厳《おごそ》かにも奏上されていた。

頭を垂れたしほは、おふさの爺様との短い縁《えにし》を考えていた。そして、ゆるゆると八策爺の魂が天空へと昇っていく景色を胸の中に思い描いた。

「しほちゃん、亮吉の計らいで府中に残ってよかったね」

政次は、お祓いが終わった後、しほに亮吉の親切を感謝して告げた。

「昔の子分に殺されるなんて、八策様には思いがけない死に方だったでしょうね」

「だれしも死に方だけは思い通りにならないものだ。考えてみれば、石塚の父つぁんは、俗世で貯《た》めた金子《きんす》を寺社仏閣に寄進し、全《すべ》て使い果たして死んだのだ。昔八王子宿で威勢を張った渡世人らしい生き方、死に方ではないかな」

「私もそう思う」

しほは、懐に入れてきた画帳を出して政次に広げて見せた。

そこには深大寺《じんだいじ》の本堂前に立つ石塚の八策爺と孫娘おふさの姿があった。

しほがこの二人を描こうと思い付いたのは、二人が彦蔵らの前から姿を密《ひそ》やかに消そうとしたからだ。後々どのようなことがあってもいいようにと考えてのことだったが、すでに八策はこの世の人ではなくなった。

しほが描き残した八策爺は、彦蔵ら一行に襲われながらもどこか余裕を残し、孫との旅を楽しんでいる様子が見られた。

「江戸に戻ったら、ちゃんと描き直しておふささんに贈るわ」

「きっと喜んでくれるよ」

二人が話し合うところに務めを果たした猿渡宮司が姿を見せた。

「若親分方の府中出立は、お仲間が八王子から戻るのを待つことになるとすると早くて明後日にございましょう。江戸のように洒落《しゃれ》た料理もできません。この界隈《かいわい》の名物は多摩川で上がった川魚ですよ。お二人を今宵《こよい》の夕餉《ゆうげ》にお招きしたいのじゃが」

「お心遣い恐れ入ります。宮司様、遠慮なくお受け致しとうございます」

政次は金座裏と六所明神の付き合いを考えて素直に受けた。その上で、

「宮司様、このような機会は滅多にあるものではございません。六所明神界隈を散策して江戸土産《みやげ》にしておこうと思います」

とこれからの行動を告げた。

「旅の徒然《つれづれ》、好きなように過ごしなされ」

猿渡宮司一行が引き上げると、枯れ田に政次としほの二人が残された。

しほは真っ白な画帳を捲《めく》ると、墨一色で御田の景色を素描し始めた。


かって三代に渡って八王子宿を縄張りに渡世を張ってきた石塚一家の墓所は、八王子陣屋近くの念仏院《ねんぶついん》であった。

人足二人が担ぐ早桶が念仏院山門を潜《くぐ》ったのは、夕暮れ前のことだ。

亮吉が庫裏《くり》に走って口上を述べ、寺の本堂に早桶が担ぎ上げられて急の通夜が執り行われることになった。

まず人足らに十分な酒手《さかて》を与えて府中宿に戻した亮吉、彦四郎の二人は、おふさを後見して通夜に出席した。

読経が始まると大役を果たして安心したか、亮吉を眠気が襲ってきた。そこで、

「おい、彦四郎、今晩の宿、どうするよ」

と亮吉は友に話しかけた。

「これから旅籠を探すのは面倒だぜ。爺様の骸を守って本堂でごろ寝だな」

昨夜、寝入り端《ばな》を起こされて以来、眠っていない三人だった。

「何事も経験だ、いい供養になる」

「めしはどうする」

「亮吉、少し黙ってろ」

半刻《はんとき》（一時間）余りの通夜が終わったとき、亮吉は体を揺らして眠り込んでいた。

念仏院の和尚《おしょう》が、

「おやおや、そちらの若い衆は早《はや》極楽境か」

と苦笑いした。

「和尚さん、すまねえ。夕べからこの騒ぎで三人ともまともに寝てねえんだ」

と前置きした彦四郎が八策爺の死の前後を語った。

「なんと八策親分は、昔の子分の彦蔵に殺されなさったか。それはとんだ災難でしたな、おふささん」

と和尚が初めて会った孫娘を慰め、

「明朝、親父様や先祖の墓の傍らに爺様の亡骸を弔いましょうかな。寺のことゆえなにもないが湯と夕餉は仕度させますでな、今晩は本堂で爺様とお別れをなされ」

と通夜を本堂で行う許しを与えた。

「ありがてえ」

と目を覚ましたのは亮吉だ。

「和尚さん、湯とめしのついでに少しばかり般若湯《はんにゃとう》があればありがてえ」

「そっちの兄さん、読経が終わったら急に元気になられたな」

「和尚さんの前だが、金座裏の一の子分の亮吉様、世の中で嫌いなものは蒟蒻《こんにゃく》、さつま芋、なめくじにお経だ」

「まあ、おまえさんの年では寺が好き、経が好きというのは珍しかろう。だが、そうはっきりと口にするおまえさんもなかなかの痴《し》れ者だ」

と一蹴《いっしゅう》し、

「般若湯、ほどほどに飲むのも八策親分の供養じゃろうな」

と亮吉の注文を請け合った。


府中と八王子宿で政次ら一行が二手に分かれて思い思いの夜を過ごすことになった。

政次が多摩川で獲《と》れた鮎《あゆ》の甘露煮などの名物を馳走《ちそう》になり、御酒《ごしゅ》を頂戴《ちょうだい》して六所明神社内の猿渡家を辞したのは、四つ（午後十時）の頃合だ。

「しほちゃん、くたびれたろう。昨日からまともに眠ってもいないからね」

「政次さんのほうが親分の代参で気遣いばかりで心労のはずよ」

二人が歩く六所明神の杉木立は黒々とした闇《やみ》が支配していた。灯籠《とうろう》の明かりがなければ鼻を摘《つま》まれても分からないほどの漆黒《しっこく》の闇だ。

「政次さん」

と怯《おび》えた声で呼びかけるしほの手を政次が握った。政次の温《ぬく》もりが伝わってきて、ざわついたしほの気持ちを鎮めた。

深大寺以来、思いがけない騒ぎに巻き込まれてなんとなく平静を失ったしほだった。

手と手を握り合ったまま大鳥居へと向かった。

「江戸に戻れば祝言ね、なんだか他人事《ひとごと》みたい」

「しほちゃん、私たちが金座裏の家族だなんて不思議だねえ」

「宗五郎親分とおみつ様が私たちのお父つぁん、おっ母さんよ」

うーん

と返事をした政次の足が不意に止まり、しほを背に回した。

「どうしたの」

「待ち人だ」

「だれなの」

「分からない。ひょっとしたら彦蔵の関わりの者が残っていたかもしれない」

と政次が呟《つぶや》き、後ろ帯に差し込んだ銀のなえしを抜いて、八角形の一尺七寸を斜めに立てた。

石灯籠の陰からゆらりと影が出た。

着流しの懐に片手を突っ込んだ、総髪《そうはつ》の男だった。左肩に振り分けの荷を負って旅姿だ。

二人の間には四、五間の闇が挟まっていた。

「初めての顔だな」

「彦蔵親分とは兄弟分の闇の笙助《しょうすけ》だ。堀の内から一日遅れで別行してきたら親分め、どじを踏みやがって府中の番屋に繋がれているそうな。格別彦蔵親分に義理を立てることもねえが、宿場で金座裏の若親分のことを誉《ほ》めそやす言葉を聞いたらな、彦蔵の野郎が無性に可哀想になってな、草鞋《わらじ》を履く前に恨みを晴らしたくなったのさ」

「闇の笙助さんか。兄弟分と同じ牢《ろう》に繋がれることもありますまい。六所明神の神域をこれ以上血で穢すこともありませんよ。旅に出るつもりなら、このままお行きなさい」

「おめえの馬鹿丁寧な口ぶりを聞くと虫唾《むしず》が走る」

笙助の肩から振り分けた梱《こり》が足元に落ちた。

「しほちゃん、離れるんだ」

政次は背にしほを感じて告げた。

すうっ
としほの感触が消えて春の闇がこそこそと動いた。

闇の笙助の懐手《ふところで》が抜き出された。

抜き身の匕首《あいくち》が口元に翳《かざ》された。刃が石灯籠のかすかな明かりを受けて鈍く煌《きらめ》いた。

笙助の行動に迷いはなく、修羅場を幾多も潜り抜けてきたことを示していた。

政次は左手に平織の紐《ひも》の端を握り、右手に銀のなえしを構えた。左右の手の間に幾重にも折られた紐が垂れていた。

ふうっ
と笙助が息を吐き、気配も見せずに吸って止めた。

口元に翳された匕首の切っ先に息が吹きかけられ、政次との間合いの闇を蹴散《けち》らして突進してきた。

仮借《かしゃく》のない攻めだった。

政次の右手のなえしが引き付けられ、手首が捻《ひね》られ、飛んだ。するすると紐が伸びて八角のなえしの先端が、

ごつん

と突っ込んでくる笙助の額に命中すると、

うっ

と呻《うめ》きを洩《も》らした笙助が参道に立ち竦《すく》んだ。

紐が引っ張られ、政次の手に銀のなえしが戻ってきた。

ゆらり

と闇の笙助の痩身《そうしん》が揺れて、崩れ落ちるように参道に蹲《うずくま》った。

しほが安堵《あんど》の息を吐いた。

「行こうか」

「この人は」

「気を失っただけだ。彦蔵の恨みを晴らそうとした意気に免じて、助けてやろう。これから番屋に担ぎ込むのも面倒だ」

と言うと政次は銀のなえしを背の帯に差し戻した。

「彦四郎、眠っていいかねえ」

般若湯を三合ばかり飲んだ亮吉が彦四郎に言いかけ、

すとん
と眠りに落ちた。だが、さすがに鼾《いびき》を掻《か》く様子はない。

「おふささん、すまねえ」

と彦四郎が通夜の場に頑張るおふさに謝った。

「いえ、爺様がなんの縁も所縁《ゆかり》もない皆さんを騒ぎに巻き込んだのです。亮吉さんが疲れておられるのも無理はありません」

と健気《けなげ》にもおふさが答えた。

「江戸のおっ母さんが聞かれたらびっくりなされようね」

「私、考えたんです」

「なにを考えなされた」

「爺様の死はおっ母さんには伝えません」

「そなただけが戻ってきたら不審に思われよう」

「もうおっ母さんにはそこまで考える力も残っていません。爺様は八王子宿にしばらく残ったとでも嘘《うそ》をつきます」

「嘘をつくのならつき通す覚悟でな」

はい、とおふさが首肯《しゅこう》した。

翌朝、念仏院の墓所で石塚八策の埋葬と倅《せがれ》の石塚喜太郎《きたろう》と先祖代々の供養が行われた。

参列したのはおふさ、亮吉、彦四郎の三人だけだ。

寂しいが心の籠《こも》った供養と埋葬が済んだとき、念仏院の願立《がんりゅう》和尚が一冊の綴《と》じた帳面をおふさに差し出した。

「八策親分はこのような日を予測されていたのかな、去年の暮れに先祖の永代供養料とこのような江戸日誌を送ってこられた。八王子から江戸に出て神仏参りの徒然が書き残してある。うちにあるより孫のそなたの手にあるほうがよかろうと思う」

と渡した。

「思いがけない爺様の形見を頂戴致しました。有難うございます」

と丁寧に願立和尚に礼を述べたおふさが、

「亮吉さん、彦四郎さん、八王子まで同道して頂きまして心強うございました」

と二人にまで頭を下げた。

「府中に、いやさ、江戸に戻ろうか、おふささん」

亮吉の声がいつになく優しく念仏院の墓所に響いた。

二

一泊の筈《はず》の府中への旅が三晩泊まりになって、金座裏に政次ら一行が戻ったのは、四日目の夕暮れだった。

政次らはおふさの家がある北品川歩行新宿《かちしんじゆく》にまず向かった。

母親かずの実家の口入屋の上総屋《かずさや》に立ち寄り、おふさを送り届けた上で簡単な経緯をかずの父親、おふさのもう一人の爺様徳兵衛《とくべえ》に話して暇《いとま》ごいした。

政次らがかずに会うのを遠慮したのは病が重症と聞いており、真相を告げるのは体のためによくないと判断したからだ。

上総屋の主人徳兵衛も、

「おっ母さんには爺様の死は告げ知らせないほうがいい」

という考えを支持した。

「若親分さん方がおられてどれほどおふさが助かりましたか、落ち着きましたら金座裏にご挨拶に参ります」

「そんな気遣いは無用に願います」

と政次がやんわりと断り、

「おふささん、おっ母さんを大事にな」

「気が向いたら金座裏にも遊びにきて」

　しほも口を添えた。

「亮吉さんからも桃の節句に若親分としほさんの祝言が行われると聞きました。しほさんの花嫁姿を見たいな」

　と道中でしほと親しくなったおふさが言い、

「おふさ、古町《こまち》町人の祝言にいきなり出られるものか。だがな、おふさ、此度《このたび》のこともある、朝の間に花嫁様のお顔を拝見に参りましょうかな」

「爺様もいくの」

「府中の一件もあります。まずは宗五郎親分に御礼を申し述べたいのでな、近々金座裏を訪ねましょうぞ」

　政次らの前で徳兵衛とおふさが話し合い、

「しほさん、絶対に行きますからね」

　と約束して政次らは上総屋をあとにしたのだ。

「ご苦労だったね」

　と四人を金座裏の広い土間に迎えたのはおみつだ。

「おっ養母《か》さん、祝言が迫っているというのに四日も家を空けて申し訳ございませんでした」

「政次、十手持《じっても》ちの家は不測の事態の繰り返しですよ。府中で御用を務めるようになったのもなにかの縁、致し方ありますまい」

と平然としたものだ。

「そろそろ皆が戻ってくる時分ってんで、湯が沸かしてあらあ。政次、彦四郎、亮吉、井戸端で足を洗うより湯に行って旅の埃《ほこり》を流しな」

とおみつが伝法な口調で命じた。

「おかみさん、助かった。なにしろ六所明神に親分の代参で行ったんだか、御用旅したんだか分からないほど深大寺、六所明神、念仏院と寺社参りでよ、おれと彦四郎は、通夜までこなした。さっぱりしてえと思っていたところだ」

「亮吉がいないとなるとなんとなく寂しさもあったが、戻ってくるとなんだか急に暑苦しいね。ささ、湯に行きな」

とおみつが彦四郎と亮吉を三和土《たたき》廊下から奥へと追い込んだ。だが、政次は玄関口から上がるつもりか、上がりかまちに腰を下ろした。

「なんだい、政次。湯はあとかえ」

「おっ養母さん、親分の顔を見て湯殿に参ります」

裾を下ろした政次が手拭いで旅塵《りよじん》を払い落とし、

「ただ今戻りました」

と居間に鎮座する養父にして親分の宗五郎に挨拶し、仏間に入った。

その後にしほが従い、灯明《とうみよう》を灯《とも》した二人は、

「独り身最後の道中」

を報告し、無事金座裏に戻りついたことを感謝した。

「若親分、府中で厄介事に出遭《であ》ったようだな」

と襖《ふすま》の陰から声をかけてきたのは北町奉行所 定廻《じようまわり》 同心寺坂毅《てらさかき》一郎《いちろう》だ。

「寺坂様、お出《い》ででしたか」

政次が仏壇の前から居間へと膝行《しつこう》すると寺坂の笑顔が見えた。

「町方稼業は因果の商売、どこへ行こうと騒ぎが付いて回りやがる。だがな、若親分、騒ぎも相手を見て起こると見えて、こちらがその気にならなきゃあ、見落とすこともある。此度の一件も親分からおよその話は聞いたが、若親分らが物見《ものみ》遊山《ゆさん》の気分なれば、府中の再会もなかったし、手柄もなかったことだ。ご苦労だった」

と金座裏とは互いに先祖代々の付き合いの同心にして神谷《かみや》丈右衛門《じようえもん》道場の兄弟子が

労《ねぎら》ってくれた。

「政次、まずは汗を流してこい。話はそれからだ」

「お言葉に甘えまして」

政次が背に差し落とした銀のなえしを抜くと、しほが受け取った。その足で政次が湯殿に向かうと、湯船の中から亮吉の声が聞こえてきた。

「彦四郎、おふささん、なかなか愛らしいと思わないか。あの年でよ、しっかりとしたものだぜ」

「亮吉、愛らしいのもしっかり者ということも認める。だがな、おめえが懸想《けそう》しても駄目だ」

「どうして」

「おふささんは、おめえのように尻も軽いが口も軽いというのは嫌いだとよ」

「だって、そんなこと分からないじゃないか」

「おれたち、通夜をした仲だぜ。おふささんが悲しみに打ち沈んでいたときによ、おめえは鼾掻いてぐっすり寝込んでいたぜ。そんな不人情な男だって頭に刻み込まれていらあ」

「そうかね」

「そうともよ」

政次は旅を無事終えて金座裏に戻ってきた二人ののんびりとした会話を聞きながら道中着を脱いだ。そこへ、

「政次さん、着替えをおいておくわ」

としほの声がした。

「すまない」

政次が湯殿に下りると、三人がゆったりと入れる檜《ひのき》の湯船に彦四郎と亮吉が浸かっており、

「若親分、遅かったな」

と亮吉が声をかけてきた。

「亮吉、おふささんに惚《ほ》れたか」

「どう思う、おふささんのことだがよ」

「昔から哀《かな》しみに沈む娘くらい男の気を引くものはないというがさ、ちょいと亮吉には荷が重かろう」

「おれがおふささんの相手に相応《ふさわ》しくねえってのか。若親分としほちゃんの祝言に託《かこつ》けて金座裏を訪ねてくるのは、おれに会いたい一心だと思うがな」

彦四郎も政次も亮吉を見たが、なにも言わなかった。

「そんとき、分かることだがよ」

亮吉が湯船から立ち上がり、

「若親分、交代だ」

と洗い場に上がった。

「亮吉、おめえの頭を医者に診てもらえ」

とだけ彦四郎が答えた。


政次らがさっぱりとした顔で居間に戻ると、金座裏の番頭格の八百亀《やおかめ》を筆頭に稲荷《いなり》の正太《しょうた》、常丸《つねまる》ら手先たちが顔を揃《そろ》えて、

「若親分、お帰りなさい」

「出先でお手柄だそうで、ご苦労なことでした」

と口々に声をかけてきた。

「まさか親分の代参で騒ぎに巻き込まれるとは思いも寄りませんでした」

と相変わらずの松坂屋《まつざかや》の奉公仕込みの丁寧な口調で答えたとき、

「今日あたりと思うておりました」

と玄関に豊島屋《としまや》の清蔵《せいぞう》の声がして、

「ありゃ、おれの手柄話を聞きたさに隠居の清蔵様が鎌倉河岸《かまくらがし》から押し掛けてきたぜ」

と亮吉がその気で応じた。

清蔵の後になんと船宿綱定《つなさだ》の大五郎《だいごろう》親方と女将《おかみ》のおふじの姿もあった。

「親方、すまねえ。金座裏で落ち着いてしまった」

と彦四郎が慌てた。

「なあにいいってことよ。金座裏から使いを貰ってな、偶《たま》にはうちで一杯どうですかとのお誘いだ。古町町人の誘いを断る馬鹿もいねえや、早速夫婦で押し掛けてきた」

と大五郎が笑った。

「今日さ、桜鯛《さくらだい》と呼ぶにはちょいと早いが、いい鯛が魚河岸から届いていますよ。しばらくお待ち下さいな、造りや焼き物にして召し上がってもらいますからね」

とおみつやしほがまず酒を運んできた。

「姐《あね》さん、その間のお時間を拝借致します」

「なにやるんだい、亮吉」

「むじな亭亮吉師匠が府中六所明神代参の道中、若親分政次と一の子分の亮吉の二人が偶然にも遭遇致しましたる捕り物の一部始終を読み切りにて語り納めまする」

口上を述べると自ら座布団を持って廊下に出た。そして、座布団を恭《うやうや》しく敷き、その上に講釈師宜《よろ》しく悠然と座った。だが、なりが小柄なだけに貫禄《かんろく》も風格もない。精々前座の噺家《はなしか》が初めての舞台に上がった風情だ。

「えへんえへん」

と空咳《からぜき》をして喉《のど》を整え、膝《ひざ》を掌《てのひら》で叩《たた》いて調子をつけた。

「おい、亮吉。六所明神の旅は若親分と二人だけか。おれとしほちゃんはどこへ行った」

「彦四郎、尖《とが》るなって。登場人物が四人もいちゃ、話がややこしくていけねえや。そこはちょいと整理させてもらってさ、二人旅にした」

「勝手にやんな」

「彦四郎、勝手にやるついでにさ、茶碗《ちゃわん》に酒を一杯注《つ》いでくんな。舌が回らないといけねえからね」

と注文まで付けた亮吉が、茶碗酒をくいっと飲んで、

「皆様はご存じのとおり、むじな亭亮吉師匠の定席は、鎌倉河岸の豊島屋にございますが、本日は趣向を変えまして亮吉師のご本宅金座裏にて一席読み切りと致します」

「どぶ鼠《ねずみ》め、金座裏を乗っ取っちまったぜ」

と八百亀が呆《あき》れ返ったが当人は平然としたものだ。

「まあ、こちらにおわす不信心の皆さん方は浮岳山深大寺がどこにあるかも知りもしますまいがこの話、本堂前から始まります」

「待ちな、どぶ鼠。おめえは若親分の供をして府中の六所明神に行ったんじゃないのか」

だんご屋の三喜松《みきまつ》が茶茶を入れた。

「よう、聞いてくれました、だんご屋の兄い。わっしが若親分の供で六所明神代参に行ったのは動かせぬ事実にございます。ですが、それでは旅に風情がない、芸もない」

「代参に風情や芸がいるのか」

「草鞋を履き慣れた人間には人間の奥の深い旅がございますので。このむじな亭亮吉が若親分に、九代目宗五郎の親分の代参に隠された慈悲心を説き、処々方々の神社仏閣をお参りするのも功徳の一つではございませんか、旅の醍醐味《だいごみ》ですぞと深淵《しんえん》なる考えを示して説得に相努めたのでございます。亮吉の事を分けた話に若親分が素直に頷《うなず》かれたのでございますよ、だんご屋の兄い」

「待った！」

と彦四郎が声をかけ、

「若親分に深大寺行きを勧めたのはこのおれだ。そんとき、おめえはなにをしていた」

「なにをしていたって、森羅万象に目を注ぎ、道中往来の人々の安全を祈りつつ」

「嘘を言いやがれ。てめえは、内藤新宿の追分近くのとろろ飯屋で朝から精の強い自然薯《じねんじょ》をぶっかけた丼《どんぶり》飯を二杯食べ、その後、腹痛に襲われて脂汗を掻きながら街道筋に厠《かわや》を探し歩いていただけじゃねえか。その間に若親分とおれとの間で深大寺参りは決まったんだ」

「そんなことだと思ったぜ」

「亮吉らしいや、旅のしょっぱなから下痢だと、それもとろろ飯を丼に二杯も食ってさ」

と子分たちから納得の声が上がった。

「彦四郎、てめえが講釈から間引かれたからって、おれの講釈の邪魔をすることないじゃないか」

亮吉がむくれていい、清蔵が呆れ顔で、

「この先、聞いても亮吉が捏造《ねつぞう》した手柄話のようですよ。まあ、皆さん、金座裏の御酒を頂戴しましょうかな、寺坂の旦那、まあ、一杯」

「これは恐縮」

あちらでもこちらでも酒のやり取りが始まり、そこへ膳が運ばれてきて宴《うたげ》に変わった。

「ちえっ、彦四郎に邪魔されて講釈一席語り損ねたよ」

亮吉も酒の場に加わった。

「政次、石塚の八策と申す年寄りは、その昔八王子宿で三代続いて一家を構えていたそうだな」

宗五郎が江戸でも奉行所を通して調べたか、聞いた。

「今から十二、三年も前、八王子を縄張りにして威勢を張った三代目親分だったようです。ですが、四代目後継ぎの喜太郎さんを病で亡くして仏心が付いたそうです、子分たちを集めてそれぞれ小商いができる金子を分け与え、自らは八王子を離れて江戸に出て、嫁の実家近くに小さな家を構えて、神社仏閣参りに余生を過ごしてきたようなのでございます」

「品川界隈でもだれも悪く言う人間はいないそうだ」

と寺坂が口を挟んだ。

「江戸に出た当初、八王子で稼いだ金を持参した様子ですが、寺社にお参りする度に寄進を繰り返してきたようです。孫のおふささんの話では、此度の墓参りには嫁から路銀を借りての旅だったとか」

「彦蔵って野郎は、未《ま》だ八策がかなりの額を残していると勘違いしてこの一年余り付きまとっていたか」

宗五郎が政次に聞いた。

「親分、彦蔵がなぜ今頃急に昔の親分の貯めた金子をあてにするようになったか、その理由は私どもには分かりません。これからのお調べではっきりとしてくるとは思います。ともかく、彦蔵が八策爺の身辺に目を光らせるようになったのは、この一年余りのこと、此度の八王子の墓参りも品川の家を見張る者がいて、分かったことだと思います」

政次は、六所明神の猿渡宮司に夕餉に招かれた夜の帰路、彦蔵の弟分、闇の笠助が待ち受けていた経緯を語った。

「若親分、おれたち、そんな騒ぎ知らないぜ」

驚いた様子の亮吉が言い出した。

「亮吉と彦四郎は八王子で通夜に参列していたじゃないか」

「若親分、まあそうだが。帰り道、話してくれてもいいじゃないか」

「講釈のタネにされるのも煩《わずら》わしい」

と笑う政次に亮吉が突っ込んだ。

「そんな野郎を見逃したのは不味《まず》いぜ」

「兄貴分の恨みを晴らしたいという気持ちに免じてね、六所明神の境内に放置してきたが、やっぱり不味かったか」

政次も胸の奥でその事は引っかかっていた。

「若親分、悪党に情けは禁物だ」

亮吉に指摘されて、政次が、

「やはり番屋に突き出しておけばよかったかな」

と自問するように呟いた。

「しほちゃんもいたんだ。まあ、剣呑《けんのん》な場所から旅籠に戻るのが先だがね、ちょいと気になる」

「亮吉、時にまともなことを言うな」

宗五郎が言い出した。

「やはり親分、詰めが甘うございましたか」

政次が宗五郎に聞いた。

「一連の騒ぎで最後に登場した弟分だ。政次若親分は目の前に立った野郎の風体と言動で判断するしかあるめえ。闇の笙助なんて二ッ名だ、叩けばいくらも埃が立とう。同時にだ、若親分が他人様の縄張り内、それも親分の代参にきた六所明神の境内ということを考えた気持ちも分からないわけじゃない」

と寺坂が宗五郎に代わって答えた。

「政次、おまえの取った行動がどうだったか、この騒ぎ、未だ終わってないような気がする。今後も気に留めておけ」

と最後に宗五郎がこの話題に一旦蓋《ふた》をした。

「三月も直ぐそこだ。いよいよ、金座裏にしほちゃんが嫁にいく」

と清蔵が酔った声で言った。

「そう、もう十日もないよ」

と答える亮吉の声にしほは、

「独り者の時代の終わり」

がすぐそこに来ていることを意識した。

三

政次は祝言の日まで普段どおりの暮らしを続けようと胸に誓った。だから、七つ（午前四時）前に起きると寝床を抜けだし、金座裏を出るとまだ薄暗い千代田の堀端を赤坂田町《たまち》へと走った。

いつものように、早くもなく遅くもなく歩を刻む。そのことを自らに命じつつ、ひたすら走る。

溜池《ためいけ》から風が吹きあげてきて、対岸に日吉山王大権現《ひえさんのうだいごんげん》の杜《もり》が見えてくると直心影流神谷丈右衛門道場は直ぐそこだ。

この朝、道場にも井戸端にも人の気配があった。

庭の井戸端では稽古《けいこ》着の門弟たちが釣瓶《つるべ》を使って水を木桶《きおけ》に汲《く》み上げ、稽古前の拭《ふ》き掃除の仕度をしていた。

「遅くなりました」

と政次が井戸端に駆け込むと青江司《あおえつかさ》ら住み込み門弟衆が政次に顔を向けて、

「おっ、若親分だ。戻られたか」

「府中に親分の代参と聞いたが、祝言と関わりがあることか」

などと聞いてきた。

「あるといえばあるような、親分の心遣いでしょうね。ですが、その心遣いも無駄でした」

と井戸端の仲間に加わって拭き掃除の仕度をしながら、ざっと一泊道中の予定が三泊にも延びた理由を語った。

「なんだ、のんびり道中が御用旅と変じたか」

と政次とは切磋《せっさ》琢磨《たくま》の仲の生月尚吾《おいづきしょうご》が苦笑いした。

門弟たちは井戸端から道場に移動すると神棚に軽く一礼して拭き掃除にかかった。住み込み門弟に通いの政次らが横一列にしゃがんで一気に拭き上げるのだ。壁際まで競走するようにいくとそこで雑巾《ぞうきん》を裏に返してまた元の位置まで戻る。そうしておいて濯《すす》ぎ桶の水に往復した雑巾を浸して汚れを丁寧に落として固く絞り、位置をずらしての往復が繰り返される。

手慣れた日課だ。だが、この日課ゆえ手を抜くことが許されない。

師の神谷丈右衛門は、

「稽古は道場に一歩踏み入れたときから始まっておる」

が口癖で稽古前の掃除にも、

「段取りがあり流れあり。一人が列を乱せば、道場の気が緩み、稽古に差し障《さわ》りが生じる。それは大怪我《けが》にもつながる」

と教えた。一人が手を抜けば、全員に伝わり、稽古にも乱れが伝わるというのだ。それだけに掃除に加わる門弟は気が抜けなかった。

この朝、府中の一件や近付く祝言が気にかかった政次は、あれこれと雑念に惑わされていた。だが、拭き掃除の列に加わり、両隣りの朋輩《ほうばい》の息遣いに自らのそれを合わせていると、そのことだけに集中してひたすら掃除に没入できた。

拭き掃除が終わって道具が片付けられたとき、道場内には、およそ四十人ほどの住み込み、通いの門弟衆がいた。

政次はその中に永塚小夜《ながつかさよ》の姿があることを認めて、会釈をし合った。だが、どこか疲れた様子の政次を師の神谷丈右衛門が見ていたことを政次は気付かなかった。

「若親分、相手を願おう」

まず最初に生月尚吾が政次に声をかけてきて、

「お願いします」

と政次も応じた。

互いに手の内を知った者同士だ、激しくも息が抜けぬ稽古が続いた。

だが、互いが醸す雰囲気は対照的だ。

生月が火ならば政次のそれは水、動と静と呼び変えてもいいほど剣風は異なったが、それでいてぴったりと歯車が嚙《か》み合ったような攻撃と防御が繰り返された。

四半刻（三十分）ほど互いが全力を振り絞って打ち合い、あうんの呼吸で竹刀《しない》を引き合った。

引き下がったのは同じ壁際だ。並んで座すと弾む息を整えた。

「若親分、府中でなにかあったな」

生月が政次の顔を覗《のぞ》き込んだ。

政次が井戸端で一同に告げたのは、騒ぎに巻き込まれて旅が延びたということだけだった。

六所明神のハケ下の梅林で雇われ用心棒の某《なにがし》と斬《き》り合いをしたことを告げる時間の余裕もなかったし、告げる気もなかった。

だが、毎朝、竹刀を合わせてきた生月は、

「真剣勝負」

を演じた微妙な変化を敏感に察知し、見抜いていた。

「なにかおかしいですか」

「若親分の踏み込みが一段と険しくなっておる。このようなときは大体大捕り物があった後だ」

「生月様を騙《だま》すことは出来ませんね」

「真剣勝負をやったな」

頷く政次に、

「いつか詳しく話してくれよ」

と生月が迫った。その二人の前に青江ら二人の門弟が立って、

「お相手願います」

と願った。

「おう」

「お願いします」

と再び政次も生月も相手を変えての稽古を始めた。

政次は何人目かで、小夜と打ち込み稽古をした。

身丈において政次と小夜とは一尺ほどの差があった。だが、小柄な小夜を甘く見ると円流小太刀《えんりゅうこだち》の迅速な攻めに遭い、手酷《てひど》い反撃を受けることを神谷道場の誰しも承知していた。

政次もむろん手を抜くことなど毛頭考えていない。互いに力を尽くし合うことが無益な怪我を避ける、ただ一つの策と二人して承知していた。それだけに一瞬の隙を突き合う厳しい稽古になった。

稽古が終わったとき、小夜が、

「若親分、最前の生月どのとの稽古、火花が散るように激しいものでしたが、道中なにかございましたか」

と、こちらも政次の微妙な心の変化を読み通していた。

「態度に出るようでは未だ修行が足りませんね」

政次が苦笑いし、小夜が、

「若親分は間近に祝言を控えておられる、それもただの花婿どのではないのです。金流しの十手の十代目の後継ぎです、神経が高ぶっても不思議ではございません。政次どのはいつも感情を抑えて他人に接しておられます、少しくらい表に出されたり、態度に出されたりするほうが小夜には親しみが湧《わ》きます」

「金座裏の大所帯のことや十代目を継ぐことは頭から振り払っているつもりなんですけど」

と政次が小夜に応じたとき、道場の玄関付近で、

ぶおおっ

とほら貝の吹き鳴らされる音が響き渡った。

何事か、と若手の門弟が二人ばかり玄関へと飛び出していった。が、すぐに道場に押し戻されてきた。

ほら貝を吹き鳴らす修験道者七人が道場に乱入してきた。兜巾《ときん》を被《かぶ》り、篠懸《すずかけ》を結び、袈裟《けさ》をつけ、櫃《ひつ》を負い、高下駄《たかげた》の者もあり、草鞋履きの者もいた。全員が六尺五、六寸の錫杖《しゃくじょう》や金剛杖《こんごうづえ》を携え、それらの頭部にはいくつもの鉄の小環がついていて、ほら貝に合わせて、

じゃらじゃら

と鳴らされた。さらには土足で全員が、

どすんどすん

と道場の床を踏み鳴らした。

政次はなんとも騒々しい乱入者がみな身の丈五尺七、八寸余の大男で足腰がしっかりとして厳しい修行を積んだ者たちと見て取った。

門弟らは修験道者の迫力に圧倒されて稽古を中断し、壁際に引くと成り行きを見守る構えを見せた。

ほら貝の音が一段と高鳴り、
ぶおおっ
という音が道場に充満して不意に止《や》んだ。

「修験道者ゆえ鳴り物、錫杖の音は我慢も致そうが。なんぞ当道場に用なれば履物は玄関先に脱いで参られよ」

と見所《けんじょ》近くに立った神谷丈右衛門が諭すように言った。

見所には三人の客がいて成り行きを見物していた。一人は身分のありそうな武家で、二人は従者と見えた。

「われら、醍醐寺《だいごじ》三宝院《さんぽういん》より分かれし真言密教武光寺《ぶこうじ》の修験道者にござる。これが修験道のおん姿、どこに参るにも変わることはござらぬ」

とほら貝の長が寂《さ》びた声で言い放った。

「礼儀も弁《わきま》えぬとあっては修験道もなにもあるまい。道場から立ち去られよ」

丈右衛門が朗々とした声で応じた。

「神谷丈右衛門道場の内外に悪霊が憑《つ》いておる。放置致さば、道場に凶事が繰り返され、遂《つい》には道場の経営立ち行かず、看板を下ろすことになり申そう。護摩壇を設けて祈禱《きとう》致さば、たちまち悪霊退散間違いなし」

「法力の押し売りか、断ろう。わが道場に悪霊なるものが取り憑いたとあらば致し方なし、われら、武芸者には武芸者のやり方がござるでな、御坊《ごぼう》らに迷惑はかけぬ」

「悪霊が道場を取り潰して構わぬと申すか」

「いかにも。当道場に悪霊払いで金子を稼ごうという魂胆、諦《あきら》めなされよ」

「なにっ、われらの祈禱を商いと申すか」

「いかにも修験道者を装った偽行者《にせぎょうじゃ》でござろう」

と応じた丈右衛門が不意に政次を見ると、

「金座裏の若親分、かような偽行者の扱い、どうしたものであろうかのう」

と質《ただ》した。

「偽行者にございますれば、まずは存分に打ちすえてお寺社方《じしゃかた》に渡すのがよかろうかと存じます」

政次も江戸市中の町道場や神社仏閣に、

「悪霊が憑いた」

と言いがかりをつけては悪霊退散の祈禱をなし金子を要求する集団が去年の秋口より出没しているということを丈右衛門の話で思い出していた。

金座裏の若親分、と呼びかけた丈右衛門の言葉に修験道者らは様子を窺《うかが》う気配があった。

「若親分、このような偽行者の扱い、われら、武芸者は慣れんでな、若親分にお任せ申そうか」

と丈右衛門がなぜか政次に下駄を預けた。

「承知致しました」

政次の即答を聞いた青江司が壁に掛けられていた銀のなえしを持って政次に走り寄ってきた。

「御用なればなえしが要りましょう」

「青江さん、有難うございます」

手にしていた竹刀と銀のなえしを取り換えた。

「昨秋より江戸市中に怪しげな行者集団が出没して悪霊退散の祈禱をなし、多額の金品を要求していくとか。本来、修験道者を取り締まるのはお寺社方にございますが、事もあろうに神谷道場に姿を見せたとあっては門弟の一人として、見逃すわけにもいきません。神谷先生は、この程度の偽行者、お武家方の手を煩わすこともなし、町人のそなたが始末せよとの思《おぼ》し召《め》しにございますれば、私と一緒にお静かに寺社方に参られませんか」

いつも以上に馬鹿っ丁寧な政次の物言いだ。

「御用聞きの分際で真言密教の修験道者法印一角坊《ほういんいっかくぼう》をお縄に致すというか、ちょこざいな。われらが荒修行の技を見よ」

七人の修験道者が背の櫃を下ろし、ほら貝を櫃の上に置くと錫杖、金剛杖をそれぞれ立てた。

政次は平織の紐を左手首に巻き付け、銀のなえしを斜めに構えた。

修験道者らは立てた錫杖、金剛杖の先端を道場の床に打ち据えた。すると鉄環がじゃらじゃらと鳴った。

神谷道場は一対七人の奇妙な戦いに釘《くぎ》づけになっていた。

不意に法印一角坊の左右にいた修験道者ら三人が分かれて政次の背後へと走った。

政次は相手の動きを見つつ、それでも動かない。

一人を七人が囲む輪が完成した。

じゃらじゃら

と鳴らされる鉄環の音が不意に止まり、床を叩いていた杖の先端が政次に向かって突き出された。

輪の直径は、三間余か。

中心に立つ政次からは一間半余ということになる。構えた杖の先端は一歩踏み込めば、政次の体に届いた。七本の杖の先端が政次の体から横手に流れ、右隣の仲間がその先端を摑んだ。これで政次は七人の修験道者と七本の杖で囲まれ、その中心点にひっそりと立つことになった。

一角坊がどすんと高足駄の歯で床を踏み鳴らした。すると滑るように七人と七本の杖の輪が政次の周りを急速に回転し始めた。

政次は瞑想《めいそう》した。

脳裏から輪が消えた。

政次は道場を支配する気の流れを読もうとしていた。

ふうっ

と気流が変化する兆しを見せた。

再び杖が一人ひとりの修験道者らの手に戻り、踏み込みとともに先端が上段に突き上げられ、政次に向かって振り下ろされようとした、まさにその瞬間、銀のなえしが虚空に飛んで杖をぐるぐると一束に絡め取った。さらに左手首の紐が、

くいっ

と引かれると六本の金剛杖が修験道者の手を放れて虚空に飛んで元の持ち主の額や

顔面を打ち据えた。

ぎええっ
ううっ
と悲鳴を上げた六人が床に転がった。

政次が紐を一旦引き、銀のなえしに絡め捕られた六本の杖を振り解《ほど》いた。

ばらばらと金剛杖が道場の床に転がった。

おおっ！

というどよめきが道場に響いた。

銀のなえしの攻撃を免れて自らの両手に錫杖を保持しているのは法印一角坊だけだ。

すでに政次の手に再び銀のなえしが戻っていた。

「若造が！」

政次の頭に叩き付けてきた一角坊の錫杖を銀のなえしが下方から掬《すく》い上げるようにしなやかに叩いた。

長年使い込んできた錫杖がなえしの打撃を受けて、
ぐんにゃり
と曲がった。

おっ！
と驚く一角坊の内懐に飛び込んだ政次が手練《しゅれん》の強打を肩口に見舞った。
ぐしゃり
と肩の骨が砕ける音が響いて一角坊が高足駄から落下するように床に転がった。
神谷道場に、
ふうっ
という吐息が洩《も》れた。
「若親分にかかっては偽行者の技など児戯《じぎ》であったな」
神谷丈右衛門が破顔し、
「銀のなえしの力を借りるまでもなかったわ、うんうん」
と最後は自ら得心させるように頷くと見所を振り向き、
はっはっは
と高笑いした。
「先生、この者らの始末、どう致しましょうか」
「やはり寺社方を煩わすことになるか」
「真の修験道者か、偽行者か。お寺社方にお願い申すしかありますまい。手配致しますか」

「面倒ついでだ、頼もうか」

政次は、生月ら若手の門弟の手を煩わして法印一角坊ら七人を高手小手《たかてこて》に縛り上げ、道場の玄関脇の柱に括《くく》り付けると金座裏の宗五郎に宛てて走り書きを認《したた》め、神谷道場の門番の老爺《ろうや》を使いに立てた。

長年古町町人として金座裏を死守する金流しの親分は、町奉行所ばかりか寺社方にも顔が利いた。

奉行所を通すより養父宗五郎の人脈を使うほうが早いと判断したのだ。

手配を終えた政次のところに若い門弟らが集まってきた。

「それがし、なえしをあのように飛び道具として使うのを初めて拝見した。若親分、暫時なえしを扱わせてくれぬか」

「後学のためにそれがしにも貸してくれぬか」

時ならぬなえしの扱いが門弟の関心を独占し、

「八角の鉄に銀を張り付けたなえしは、なかなかの得物《えもの》じゃな。錫杖がぐんにゃりと曲がったときには、それがし、驚いたぞ」

「なえしと刀を打ち合わせたとき、打ち合わせ方によっては刃が折れ飛ぶぞ」

「鉤の手があれば手元が防御できるのだがな」

などと門弟らが言い合いながら、銀のなえしの利点や遣い方を語り合った。

寺社方が神谷道場に姿を見せたのは昼前のことだ。

行きがかり上、政次は最後まで残って法印一角坊ら七人の修験道者を引き渡すまで付き合った。

寺社方同心が七人を引き連れて神谷道場から消えたとき、政次は師の神谷丈右衛門に呼ばれた。

四

神谷家の客間には見所にいた三人の武家が未だいた。初老の武家が主のようで、あとの二人はやはり警護の家来と見えた。

政次は廊下に座す前に背のなえしを抜き取り、傍らに置いた。背に差し通しておくには一尺七寸の道具、長過ぎた。

「政次若親分、会津藩国家老《くにがろう》田中《たなか》三郎《さぶろ》兵衛《べえ》玄宰《はるなか》様じゃあ、そなたに紹介致したく呼んだ。そこでは話も出来ぬ、座敷に入られよ」

と丈右衛門が命じ、政次は黙したまま会釈を返すと膝行して座敷の端に身を入れた。

当然銀のなえしもわが身の傍らに移動させた。

客人の視線がちらりとなえしにいった。

親藩《しんぱん》会津松平家は禄高二十三万石にして陸奥《むつ》の雄藩であり、当代は松平容頌《かたのぶ》というくらいの知識しか政次にはない。

政次は主客の目を正視して黙礼した。

「柔和に見えてなかなか豪胆な面魂《つらだましい》かな。昨今、武家にも若親分のような顔立ちは見かけぬ」

と陸奥訛《なま》りの声が政次の耳に届いた。

「若親分、遠慮なさることなく直々にお答えなされ」

丈右衛門も口を揃え、政次は師に頷き返した。

「金座裏にて御用を勤めます九代目宗五郎の養子、政次にございます。後継ぎとは申せ、未だ駆け出しにございます」

と初めて声を出して挨拶した。

「会津でも金座裏の親分と金流しの十手は有名でな、折あらば家光様以来の御目見《おめみえ》の十手を拝見致したいものと思うておった。今朝、昔から知り合いの神谷道場に朝稽古見物に参り、金座裏の後継ぎどのが門弟におられると聞いてな、神谷どのに面会の労を取ってもろうた」

「恐れ入ります」

　と政次は答えながら今一つ得心がいかなかった。

　なぜ会津藩の国家老が金座裏に関心を示すのか、理解がつかなかったからだ。

「そなたの来歴を神谷どのから伺った。呉服商松坂屋の手代から畑違いの金座裏の修業に転じたそうな。さぞ苦労も多かったろうな」

「親分や神谷先生方の指導がございまして、なんとか御用を果たしております」

「家康様以来の古町町人の繋がりがあればこそ、そなたが十代目を継ぐことが出来たようだな。それにしてもそなたの剣術の手練、なえしの遣いっぷり、なかなかの見事なものであった。自慢のなえし、見せてくれぬか」

　田中玄宰の求めに応じて、傍らにおいていた銀のなえしを差し出した。

「なえしとは昨今見かけぬ道具よのう、金座裏に金流しの十手の他に銀のなえしがあるとは知らなかった」

「田中様、いかにもなえし、忘れられた道具にございます。城近くに新右衛門《しんえもん》町と申す通りがございましてな、その昔、京から江戸に出た小間物屋の山科屋《やましなや》が代々暖簾《のれん》を掲げて盛業しております。一昨年の暮れでございましたかな、初売りの品を船ごとすり替えられるという騒ぎがございました。その折、若親分の活躍で難なく盗人どもをお縄に致し、山科屋では無事初売りを済ませることができました。そこで感謝の証《あかし》に先祖が京から江戸に出る折に、護身用にと山城の刀鍛冶《かじ》に鍛造させたなえしを若親分に贈った経緯がございましてな、以来、金座裏の名物が金銀揃ったことになりましてな」

丈右衛門がすらすらと銀のなえしの来歴と入手した経緯を語ったので、政次は驚いた。また日頃寡黙な師がかように饒舌《じょうぜつ》になることに驚きを隠しきれなかった。

「後藤家の鬼門に金銀の十手となえしが揃うては、いかなる盗人めらも避けて通るしかあるまい」

と田中玄宰が笑みで応じ、玉鋼《たまはがね》の上に銀を流したなえしをしげしげと見て、片手に翳《かざ》したり、振ったりした。

「なかなか重いものじゃな。そなたのような巧者が使えば錫杖なんぞへし曲げられるのは必定《ひつじょう》かな」

「田中様、江戸滞在中いつ何時《なんどき》なりと金座裏にお訪ね下さいまし。宗五郎もきっと喜びましょう」

と政次が言うと、

「なに、金座裏に立ち寄らせて貰うてよいか。冗談ではないぞ」

「田中様、冗談や世辞では申しませぬ」

「よし、近々訪ねる」

と田中玄宰が即座に約定した。

政次はこのとき、田中玄宰は金座裏に内密の相談事があって神谷丈右衛門に仲介の労をとらせ、政次に引き合わせ、さらに宗五郎へと繋ごうとする意図があるのではないかと感じ取った。とすると、最前の修験道者の相手を神谷が政次に任せたのも、政次の力量を田中玄宰に知らしめたかったということではないか。

この時、田中玄宰は五十三歳。会津藩の財政立て直しに奔走する日々を過ごし、その一環として江戸屋敷を訪問していた。

だが、政次がそのようなことを知る由もない。

「師匠、本日はこれにて失礼を致します」

用事が終わったと見た政次が丈右衛門に挨拶し、丈右衛門が首肯するのを確かめて、

「田中様、お待ちしております」

と田中玄宰に改めて誘いの言葉を繰り返した。

「若親分、必ず参る」

そのとき、銀のなえしは田中玄宰の家来の一人の手にあって熱心に観察されていた。

「これ、昌吾《しょうご》、いつまで若親分の道具を見ておる」

田中玄宰に注意を受けた家来が、

「おっ、これは失礼を致しました」

と言いながら膝行して政次に近付き、なえしの柄を政次に向けて差し出した。

年の頃、二十八、九歳か。挙動に無駄がなく、武芸の腕はなかなかのものと推察された。

「お返し申す、若親分」

政次が両手を差し伸べた。

その瞬間、なえしの先端を摑んでいた両手がくるりと動いてなえしが二人の間で反転し、侍の手になえしの柄がすっぽりと収まり、

「発止！」

とばかりになえしが政次の眉間《みけん》を襲った。

政次は、相手が予想もかけない行動に出ることを目玉の動きで察知していた。なえしの強襲を避けることなく、
すいっ

と政次が相手の内懐に入るように畳を滑って間合いを詰め、
「ご免」
と言いつつ、なえしを振り下ろす相手の右腕を下から突き上げると、もう一方の手を添えて、
ええいっ
と気合を発して、座したままの相手に座したままの政次が身を寄せると捻り上げた。
相手の体が虚空に、
ふわり
と浮くと、
どさり
と政次の前に倒れ込んだ。すでに政次の手には銀のなえしがあって、直ぐに背の帯に戻された。
一連の動作は流れるようで一瞬の早技だった。
「失礼を致しました」
政次は倒れた相手を後ろから抱えてその場に起こした。
「許せ、若親分」

田中玄宰が慌てた。

「田中様、ですから、若親分の腕試しは最前の修験道者で終わりになされと申し上げましたぞ」

丈右衛門が困った表情を漂わしながらも言った。

「いや、驚き入った次第かな。この魚津《うおづ》昌吾、小笠原長政《おがさわらながまさ》が流祖の神道精武流《しんとうせいぶ》の免許持ちじゃがな、若親分には手もなく捻られおったわ」

田中玄宰も苦笑いで応じた。

赤面した魚津昌吾が政次に向き直り、

「失礼の段、お許し下されと詫びた。

と詫びた。

「なんのことがございましょう」

「神谷道場の猛稽古は最前つぶさに見物致したが、わずか数年の修行でかような腕前になるものか」

「田中様、若親分は格別にございますよ。天分もございましょうが商売柄、日夜神経を張り詰めての御用、また修羅場を潜った数は昨今の武家とは比較になりません。これらのことが政次若親分が腕を上げた因《もと》でしょうな」

と歓談を続ける丈右衛門や田中らに会釈をすると神谷家の客間から下がった。

政次が金座裏に戻ったとき、居間に宗五郎がいるだけで手先たちも町廻《まちまわ》りに出かけ、おみつの姿もなかった。

「親分、遅くなりました」

「道場破りの修験道者ら、寺社方に引き渡したか」

「はい」

政次が寺社方への手配を宗五郎に願ったのだ、宗五郎も政次の帰りが遅いことは承知していた。

「そいつも御用の一つだ、ご苦労だったな。朝も昼も抜きで腹が減ったろう。膳が台所にある、まず腹拵えしな」

と宗五郎が政次の腹具合を案じた。

「親分、話が」

「なに、修験道者は厄介を抱えていたか」

「いえ、そちらではございません」

と前置きした政次は、神谷丈右衛門が陸奥《むつ》会津藩の国家老田中玄宰を引き合わせた経緯のすべてを語った。

「なに、田中玄宰様がうちに関心を示しているってか」

「金流しの十手を見物にくるだけでしょうか」

「神谷先生はおめえの祝言が近いことも話されておられよう。敢《あ》えて承知の上でうちを訪ねてこられるとは、外には出せない御用だな」

「私もそう見ました」

「でなければ、おまえの腕試しを何度もやるものか」

政次が頷いた。

「会津松平家になんぞお家騒動の火種があったか」

「国家老の田中様が江戸に出ておられるということは、江戸屋敷でなんぞあったということでしょうか」

「まずそう見たほうがよかろう」

宗五郎はしばし腕組みして考えていたが、
ふうっ
と顔を上げて、

「政次、飯を食え」

と命じた。

「おっ養母《かか》さんの姿が見えませんね」

「しほと松坂屋さんを訪ねたところだ。花嫁衣裳《いしよう》がすべて出来上がったそうだ。政次、飯を食ったらおめえも松坂屋に迎えにいけ」

頷いた政次は、宗五郎が神棚の下の戸棚から武鑑を持ち出して会津藩松平家を調べようとしているのを見た。

政次は昼下がりの日本橋を渡った。

春の日差しが穏やかに散り、橋を往来する人々もどことなく長閑な表情をしていた。

「おや、政次若親分、独りでどちらにお出でですな」

小柄な背を丸めて歩いてきた着流しの老人が政次に声をかけた。北町奉行所手付同《てつきどう》心《しん》にして、

「居眠《いねむ》り猫《ねこ》」

と異名を持つ猫村重平《ねこむらじゆうべい》だ。

手付同心は江戸町奉行所にあってただ一人、

「過去の記録」

と向き合う役職だ。事件の調べ書や白洲《しらす》でのやり取りを記録し保管し、未解決の事件に役立てるのがその役目だ。その記憶力は南北奉行所の手付同心随一と評価が高かった。

「猫村様、うっかりと歩いておりまして挨拶が遅れました」

「若親分は祝言を前に多忙な身じゃからな」

「恐れ入ります」

「かようなときこそ、気を配っておかんと厄介事に次々に巻き込まれるものだ。確か、九代目がおみつさんと所帯を持った安永八年も事件が頻発した年でな、宗五郎さんも祝言の前日まで江戸の町を駆け回っていたはずだ」

「おや、親分も多忙な最中に所帯を持たれましたか」

「町方《まちかた》同心も御用聞きも一緒でな、大きな騒ぎは重なって発生するものだ。若親分、近頃どうだな」

居眠り猫ののんびりとした口調に誘われて、府中の騒ぎと今朝方の神谷道場の事件を語った。

「どちらも寺社方に関わりがある騒ぎだな。それにちと規模が小さいわ」

と居眠り猫が橋の上で首を傾げた。

「猫村様、町方とも寺社方とも違う話ですが、会津藩松平家江戸屋敷にかかわる話があれば教えて頂けませぬか」

「ほう、馬場先《ばばさき》堀の中の話か。町方にはいささかの関わりもないがな」

と小首を傾げた猫村が、

「なんぞ小耳に挟めば若親分、そなたに直ぐに知らせる」

と請け合った。

江戸城本丸と西ノ丸の東に接する和田倉堀、馬場先堀、日比谷堀に囲まれた一角は、陸奥泉藩本多家、美濃高富藩、越後長岡藩、下総《しもうさ》佐倉藩、越後村上藩、武蔵忍《おし》藩、越前掬山（福井）藩、陸奥会津藩と老中、若年寄を務める譜代《ふだい》、親藩大名八家と、直参《じきさん》旗本御《はたもとお》馬預《うまあずかり》諏訪部《すわべ》家の一家の、九家しかない。

千代田城の最後の砦《とりで》である。

その中でも禄高二十三万石と、破格に高いのが陸奥会津藩松平家だ。

それだけに一代かぎりの身分にして御目見以下の町方同心には縁遠い屋敷だ。だが、居眠り猫の情報収集は、身分や監督違いを超えてあることを政次は承知していた。そこで願ってみたのだ。

「猫村様、あまり無理はなさらないで下さい」

分かった、と答えた猫村が、

「政次さんや、御用も大事じゃが、肝心要はそなたの体じゃぞ。そして、次に女房どの。夫唱婦随、時に二人で遊びに出かける気持ちの余裕を忘れぬようにな」

「ご忠言有難うございます」

礼を言う政次に頷き返した居眠り猫が日本橋を室町《むろまち》一丁目のほうへと渡っていった。

朝からざわついていた、政次の気持ちが手付同心猫村重平と話して落ち着いた。気分を変えた政次は、日本橋通二丁目の角に呉服店松坂屋の暖簾を潜った。すると、

「おや、若親分のお出ましですか」

と大番頭の親蔵《しんぞう》が目敏《めざと》く声をかけてきた。

「お久しぶりです、大番頭さん。お元気そうでなによりです」

「政次さんや、御用も私事も大変な時期とお察し申します。かような時はふとしたことで体を壊しますでな、注意して下されよ」

と猫村と同じ注意を間を置かずに受けた政次は、

（よほど疲れた顔をしているのか）

と反省した。

「なにしろ松六《しょうろく》様が政次若親分の仲人を勤め上げるまでは死んでも死にきれませんと

張り切っておられます。隠居が元気なのは、私どもが重々承知です。代わりに花婿《はなむこ》が倒れるようなことがあったら、松六様ががっかりなさいますからな」

「私は大丈夫でございますよ。なにしろ松坂屋さん仕込みの体ですから」

「いかにもさようでした」

「親蔵様から箸《はし》の上げ下ろし、言葉遣いから挨拶の仕方まで叩き込まれた体です。松坂屋の気風が政次の体の隅々に染み込んでおりますから、なかなかのことでは病にはかかりません」

「うちの手代だったというのが嘘のようですよ。たった二、三年前のことが大昔のことのようです」

親蔵は政次がいた時代を懐かしそうに思い出す顔をした。

「おや、政次、来ていなさったか」

店の奥からおみつが姿を見せた。上気した顔のしほがおみつに従い、その後ろから松六が顔を覗かせた。

「政次若親分が見えたのなら、仕立て師の慶次郎《けいじろう》が精魂こめて縫い上げた加賀友禅『白綸子春爛漫里桜満開模様《しろりんずはるらんまん》』をもう一度しほさんに着てもらいますかな」

と言い出した。

「ご隠居、皆さんが丹精込められたお色直しでございます。祝言の場の楽しみにとっておきます」

「そうですか、あれほど見事な仕立てはないがね」

松六は放っておくと店でしほに着せかねないほどの落胆ぶりだ。

「ご隠居、これでお披露目をもう一度やるとなると夕方になりますよ。うちは腹っぺらしを沢山飼ってございます。大騒ぎになってもいけません、本日はこれで失礼申します」

おみつが笑いに紛らせて柔らかく断った。しほのお色直しの稽古は長時間続いたようだ。

「よいか、あとで手代に持たせて金座裏に私が届けますでな」

松六の頭には花嫁衣裳のことしかないようだ。

「それよりご隠居、仲人の挨拶は決まりましたので」

大番頭の親蔵が松六に傍らから問うと、

「大番頭さん、それを聞きなさるな。それだけが悩みのタネです」

と店の中で頭を抱えて座り込み、その隙におみつが政次としほを従えて、

「皆さん、お騒がせ申しました」

と松坂屋から表に出た。

第三話　内蔵の謎

一

おみつとしほの供で政次《せいじ》が金座裏《きんざうら》に戻ると、園村幾《そのむらいく》、佐々木秋代《ささきあきよ》、静谷春菜《しずたにはるな》の三人の女の姿があって、宗五郎《そうごろう》が応対していた。

幾と秋代の二人と、しほの亡き母親早希《さき》は川越藩御小姓番頭《かわごえおこしょうばんがしら》久保田《くぼた》家の三人姉妹だ。城代家老の嫡男に横恋慕された末娘の早希が身分違いで破談させられた許嫁《いいなずけ》の納戸《なんど》役村上田之助《やくむらかみたのすけ》と一緒に出奔《しゅっぽん》して浪々の暮らしの中で産んだ子がしほだった。

早希の姉二人は、それぞれ家中の園村、佐々木両家に嫁ぎ、佐々木秋代の娘の春菜は御小姓組静谷理一郎《りいちろう》と二年前に結婚していた。だから、春菜は、しほの従姉《いとこ》にあたる。その春菜の腹がかなり大きく膨らんでいた。

「春菜様、お腹《なか》のやや子は元気ですか」

「しほ様、元気過ぎて困るくらい」

春菜は腹が迫《せ》り出した分、武家の新造の貫禄《かんろく》を身に付けていた。

園村家は川越藩松平大和守直恒《まつだいらやまとのかみなおつね》の御番頭《ごばんがしら》六百石の家柄、佐々木家も静谷家も結城《ゆうき》秀康《ひでやす》から出た御家門《ごかもん》松平家の重臣で、すでにどちらもが理一郎、春菜世代へと代替わりが少しずつ進んでいた。

江戸と川越は十三里、陸路も舟運も発達して近いこともあり、半ば隠居の身の女たちが身軽に江戸に出てこられた。

一番年長の幾の膝《ひざ》には、先日来金座裏の飼い猫になった菊小僧《きくこぞう》がちょこなんと座っていた。

三人の女たちは、

「少々早く政次としほの祝言《しゅうげん》」

に出てきたという。おそらく春菜のお腹を気遣いながら川越からゆっくりと徒歩《かち》の旅をしてきたのだろう。

「皆様、知らぬこととはいえ留守をして相《あい》すみませんね」

とおみつがにこやかに話しかけ、

「おみつどの、しほは両親を早くになくして江戸で皆様方の世話になりながらの独り暮らしですが心配はなにもございませぬ。とは申せ、若い娘が祝言を前になにかと不安であろうし手も要ろうと、早くに江戸に出て参りました。ところが親分の話を聞くと準備万端すべて整っているそうな」

幾らは、しほの身を案じて母親代わりを務めるつもりで早くに江戸入りしたようだ。

そんな伯母《おば》二人がしげしげとしほを見て、

「祝言を前にすると、娘はこんなにも綺麗《きれい》に変わるものかしら」

「早希が川越を出たときとそっくりですよ。そう思いませぬか、姉上」

「いえ、しほは肌が抜けるように白くて、雛《ひな》人形のように顔立ちが整ってます。早希はなにしろ末娘の上に川越育ち、しほは公方《くぼう》様のお膝下《ひざもと》の江戸育ち、やはり水が違うとこうまで顔立ちがよくなるものですか」

と伯母二人はしほを見ながら、遠慮のない言葉を重ね、

「伯母上、母上、しほさんを前に失礼の極みです」

と春菜に注意された。

「あら、春菜、私たちはしほのことを褒めているのですよ。身内だからこそできる話です」

「そうそう、そなたももう少ししほに似ていたらね」

となんとも屈託ない。

「皆様方、今から夕餉《ゆうげ》の仕度をしますからさ、町屋のご飯を食べていって下さいな」

　とおみつが台所に下がろうとした。

「あら、もうそんな刻限ですか。私たち、今晩は江戸藩邸でゆっくりして、明朝に金座裏を訪ねようと考えておりましたのよ。だけど江戸に着いたら、一刻でも早くしほの様子が知りたくて押し掛けました」

「第一、江戸のお長屋は辛気《しんき》臭《くさ》くていけません」

　幾と秋代が言い合った。

「うちと川越はこれから親戚《しんせき》付き合いをする仲です、なんの遠慮も要りませんよ」

　とおみつが袖《そで》を帯の間にたくしこんだのを見て、

「私も手伝います」

　としほが席を立とうとした。おみつが、

「夕餉の膳が調うには半刻《はんとき》（一時間）やそこいらは掛かるよ。しほ、三人をこの界隈《かいわい》にお連れしたらどうだえ」

　おみつが伝法《でんぽう》な口調で言い出した。

「おみつ、それより皆さんは鎌倉河岸《かまくらがし》に行き、豊島屋《としまや》さんの名物のおでんを食したいそうだぜ」

と宗五郎が笑った。おみつが、

「ならば、散策ついでに御三人を豊島屋さんにしほと政次で案内しな。うちは、いくらも女衆がいるからね」

と言葉を添えた。

「おみつさん、川越の人間は礼儀知らずと誹《そし》られましょうがな、姪《めい》のしほの顔を一目見たくて金座裏に来てしまいました」

と幾が困惑の中にも鷹揚《おうよう》さを滲《にじ》ませて言った。

「お気持ち、よう分かります。お武家方と違い、うちは雑かけない男所帯でございますよ。これでしほが入ってくれると、だいぶ家の雰囲気も変わりましょうがね。ともかく金座裏の御膳も食べていって下さいまし」

おみつが勧め上手に言い、

「政次、皆さんをご案内なさらぬか」

と政次に命じた。すると気配を察したか、
みゃう
とひと鳴きして菊小僧が園村幾の膝から下りた。

政次が四人の女たちを案内して常盤《ときわ》橋前に出ると、千代田の御城に春の陽《ひ》が傾きかけてあった。

「しほ様、突然押しかけてご免なさいね。おみつさんはああ申されましたが迷惑ではございませんでしたか」

と春菜がしほに詫《わ》びるように言った。

「ご心配なく、うちはご覧のとおりの大所帯です。急に三人や四人の膳が増えることなど日常茶飯事です」

「なんだか、しほ様、もうすっかりと金座裏に馴染《なじ》んでいるわ」

「春菜様、私の独り暮らしを案じて豊島屋さん、松坂屋《まつざかや》さん、金座裏と、どこもが実家のようにお家の出入りを許して下さいまして、この界隈にしほの実家がいくつもあるようなものなんです。金座裏にも嫁入り前から馴染んでしまって、これでいいのかと不安になるほどです」

「傍《かたわ》らに若親分がおられるのは心強いかぎりですね、しほ」

と幾が言葉を添えた。

「伯母上、仰《おっしゃ》られるとおりです。政次さんが先に金座裏に入って私の道中案内をしてくれたのです。私は政次さんのするとおりを真似《まね》ていればいいんですから楽です」

御堀端を春の風が吹き抜けて、幾が、

「川越がいくら御家門のお家柄とはいえ、江戸とはまるで違いますね。なんだか私たち、在所から出てきたお上りさんの気分ですよ」

「姉上、私も気持ちが浮き浮きと致します」

幾に秋代が応じてこの姉妹は屈託ない。

だが、二人の明るさの背後にはしほの母親の早希、二人の姉の哀《かな》しみがそこはかとなくこびりついているのを全員が承知していた。それだけにしほの前で明るく振る舞う伯母二人だった。

「おおい、川越のお方！」

と堀から声がかかった。

彦四郎《ひこしろう》の漕ぐ猪牙舟《ちょきぶね》に常丸《つねまる》、左官の広吉《こうきち》、そして、独楽鼠《こまねずみ》の亮吉《りょうきち》が乗っており、亮吉が手を振っていた。

「亮吉さん、お元気」

すでに顔馴染みの春菜が叫び返し、

「これ、春菜、そなたは川越藩家臣静谷家の嫁ですよ」

と母親が注意した。

「あら、母上方も川越を出て十分に羽を伸ばしておられますよ。私が旧知の皆さんに手を振り返したくらい、なんです」

と春菜が腹を突き出して母親に言い返した。

「常丸、町廻《まちまわ》りにも出ずにすまない」

政次が住み込み手先の兄貴分常丸に謝った。

「若親分、神谷《かみや》様の道場で騒ぎに巻き込まれなすったようで。こちらはいつもの寺坂《てらさか》様のお供で番屋廻りでさ、世は事もなし、江戸は長閑《のどか》にございましたよ」

「ご苦労だったな」

「若親分、南茅場《みなみかやば》町の大番屋前で寺坂様と別れたところに彦四郎の猪牙が通りかかったんだ」

亮吉が言い、

「若親分、川越の美形三人をどこへお連れしようというんですね」

「足の向けようをみれば分かろう。豊島屋だ、亮吉」

「しめた」

と叫んだ亮吉が、

「彦四郎、鎌倉河岸に先行しな、お出迎えだ」

「ちえっ、銭も払わない奴に限ってえらそうに命じやがる」

「まあ、そう言うなって」

猪牙の上でも幼馴染みが他愛《たわい》もない言葉を掛け合いながら政次らを龍閑橋《りゅうかんばし》に置き去りにして鎌倉河岸の船着場に先行していった。

「しほ、川越も舟運が発達した城下と思うておりましたが、江戸は一段と水が映える都ですね。川越の何十倍もの船が堀を往来して、なんとも賑《にぎ》やかです」

秋代は日本橋から見た日本橋川の水上の景色を思い出したか、しほに問いかけた。

「伯母上、私も江戸の町に大川や堀がなかったらどれほど寂しかろうかと思います」

「町に水辺があるのとないのとでは大違いですよ」

鎌倉河岸の船着場では彦四郎が猪牙舟を止めて杭《くい》に舫《もや》い綱を結んでいた。そして亮吉らは鎌倉河岸名物の八重桜の下にいた。

老桜が満開に鎌倉河岸を染めるには一月《ひとつき》余りの間があった。だが、老木全体に春の精気が漲《みなぎ》っているのが分かった。

「川越の奥様方、ようこそわが鎌倉河岸にお出《い》でなさいました」

と亮吉が旅籠《はたご》の番頭のように揉《も》み手《で》して迎えた。

「独楽鼠亮吉どのもお元気そうでなによりです」

幾が亮吉に鷹揚に言いかけ、

「幾様、おれの名を覚えておいででしたか、感激だな」

「そなたのなりと名は一度覚えれば忘れませぬ。産んでくれたおっ母様に感謝なされ」

「なりが小さく産んだおっ母に感謝しなければなりませんかえ」

「昔から山椒《さんしょ》は小粒でもぴりりと辛いと申しますからね」

「そうそう、幾様。うどの大木とも言いますよね」

と船着場の石段を上がってきた彦四郎を亮吉が見た。

「なんだ、どぶ鼠。おれの顔になんぞ付いているか」

「いや、なりがでかいのは無駄が多いと思っただけだ」

「なにっ」

と彦四郎が怒る真似《まね》をして、しほが、

「ささっ、皆さん、山なれば富士、白酒なれば豊島屋と世に謳《うた》われる豊島屋様を訪ねますよ」

「えっ、この大きなお店《たな》が豊島屋さんですか」

と春菜が驚きの声を上げたとき、豊島屋の店の中で、
がちゃんがちゃん

となにか物が壊れるような音がして、縄暖簾《なわのれん》を頭で分けた小僧の庄太《しようた》が飛び出してきた。

「どうした、ちぼ」

すかさず亮吉が庄太を呼び止めると、庄太が船着場の前にいる一団を振り見た。

「おっ、いいところに若親分がいなさったぜ。店で昼酒飲んだ臥煙《がえん》と中間《ちゆうげん》が喧嘩《けんか》を始めたんだ」

「ふざけやがって、鎌倉河岸は金座裏の縄張りだってのを忘れたか」

亮吉が縄暖簾の向こうに飛び込んでいき、常丸、広吉も続き、彦四郎までが向かった。最後に政次が、

「しほちゃん、怪我《けが》があってはいけない。しばらく伯母上方に表で待ってもらいなさい」

と言うと豊島屋に入っていった。

政次が広い土間店に身を入れると、真ん中近辺で大勢の男たちが揉み合っていた。輪の中では一対一の斬《き》り合いでも行われているのか、ちゃりんちゃりんという音がした。

「おい、彦四郎、おれを肩車しろ」

と亮吉が六尺三寸余の偉丈夫の友に命じると、
「なんだ、どぶ鼠を肩車しろだと」
「これじゃあ、なにが起こってんだか分からないよ」
「仕方ない」
人のいい彦四郎が腰を折って首を差し出すと、
ひょい
と亮吉が跨《また》ぎ、彦四郎が、
くいっ
と曲げた腰を軽々と伸ばした。すると亮吉の頭が豊島屋の店の中でひと際高く抜きん出た。
「若親分、臥煙の兄いが鳶口《とびぐち》持って尻端折《しりはしょり》の中間の匕首《あいくち》と渡り合っていらあ。双方ともにだいぶ熱くなってやがるぜ」
と叫んだ。
「広吉、店の前の天水桶《てんすいおけ》から水を汲《く》んでおいで」
と政次が松坂屋時代の丁寧な口調で命じ、
「合点です」

と広吉が飛び出していくと直《す》ぐに水をたっぷり入れた小桶を担いできた。

「清蔵《せいぞう》様、店の中の大掃除をさせてもらってようございますか」

憮然《ぶぜん》と立ち竦《すく》む豊島屋の主の清蔵が、

「さかりのついた犬の喧嘩ですよ。どちらが怪我をしてもいけません、お願いします」

と政次に願った。

「広吉、亮吉に渡すんだ」

政次の命に水が張られた桶が彦四郎の胸前から肩車した亮吉のところへ差し上げられた。

「ほうほう、若親分、犬の喧嘩は水に限るもんな」

と張り切った亮吉が桶を受け取ると、

「彦四郎、しっかりと動くんじゃねえぞ」

と命じた。そして、機敏にも草履を飛ばし脱いだ亮吉が彦四郎の両肩に桶を下げて立ち上がった。

「絶景かな、絶景かな！」

普段小柄な体が三倍にも高くなったようで、見得を切った亮吉が、

「やいやい、てめえら、ここをどこだと思ってやがる。江戸は千代田の御城の丑寅《うしとら》の方角、俗にいう鬼門《きもん》の鎌倉河岸に慶長《けいちょう》の御代《みよ》から白酒と田楽《でんがく》を売ってその名も高き豊島屋だ。てめえら、有象無象《うぞうむぞう》、知らねえか。この御城端は家康様の関東入国以来、金流しの親分の縄張り内だ。てめえら、よくも金座裏の庭先で暴れやがったな、熱くなった頭《たま》を冷やしやがれ！」

と、なりの割に大きな声で喚《わめ》くと、

「ほうれ！」

と桶いっぱいの水を臥煙と中間が押し合う中で鳶口と匕首で渡り合う二人の頭上に振り撒《ま》いた。

「なんだ、これは」

「力水《ちからみず》か」

と振り向いた臥煙と中間らが彦四郎の両肩に立った亮吉を見上げて、

「むじな亭の野郎だ」

「金座裏か、やばいぜ」

と言い合うところ、

「あらよ」

と空《から》の桶を下げて飛び降りた。そして、桶を突き出すと、

「ちょいと道を空けてくんな。なにっ、嫌《いや》か。金座裏の十代目、政次若親分の花道を空けてくれと、一の子分の独楽鼠がご丁重にも願ってんだ。てめえら、聞く耳もたねえか」

と畳みかけるように啖呵《たんか》を切った。その勢いになんとなく臥煙と中間らが左右に分かれて道を空けた。

ちょうどそのとき、待ちきれなくなった園村幾、佐々木秋代、静谷春菜がしほに伴われて豊島屋へ入ってきた。

政次は亮吉の啖呵に致し方なく従い、

「ちょいとご免なすって」

と仲間たちの輪の中で鳶口と匕首を翳《かざ》して睨《にら》み合う二人の兄いの傍《そば》に歩み寄った。

二人して頭から水を被《かぶ》って髷《まげ》からしずくがぼたぼたと垂れていた。

「なにがあったか知りませんが豊島屋さんは酒と田楽を楽しむ場所です。仲裁人は時の氏神《うじがみ》とも申します、ここらで手打ちを願えませんか」

匕首を翳した中間頭は、常陸土浦《ひたちつちうら》藩土屋《つちや》家の奉公人、豊島屋の常連で政次も顔を承知していた。

「若親分、すまねえ」
と匕首を引いた。だが、旗本《はたもと》六千二百石戸田《とだ》家所属の二百人の臥煙の頭分《かしらぶん》は、屋敷が鎌倉河岸からちょいと離れた飯田町《いいだまち》にあり、豊島屋は初めてのようだった。
「御用聞きだと、おれの頭から天水桶の水をぶち撒いたのはおめえの手先か、許せねえ」
酒をだいぶ酔い食らった感じの臥煙の頭分が血走った眼《め》で睨み、喚いた。
「怪我があってもいけねえとやったことです、許して下さいな」
政次はあくまで慇懃《いんぎん》だ。
「てめえ、おれを小馬鹿にしくさるか」
臥煙がいきなり鳶口を翳すと政次の額に叩《たた》きつけてきた。それに対して避けようともせず、
ふわり
と姿勢を低くして踏み込んだ政次の両手が臥煙の腰を抱え、
くるり
と後ろに回ると高々と抱え上げて土間に落とした。
あっ

という間もない早技だ。

「金座裏の十代目、日本一！」

と女の声が豊島屋に響き渡り、政次が声のほうを振り向くと扇子を広げた園村幾がにこにこと笑っていた。

二

幾、秋代、春菜の三人は、豊島屋名物の田楽を頰張《ほおば》り、

「これは美味ですよ、秋代」

「姉上、川越にはこの味はございませんな」

「なにしろうちは薩摩《さつま》と鰻《うなぎ》が名物の土地柄ですからね」

「江戸は奥が深うございますこと」

「しほの祝言までにはまだ日にちがございます。よい機会です、江戸の美味《うま》いものを大いに食べ歩きましょうか」

と大ぶりの田楽をぺろりと食べ、秋代など二本目を頼もうかどうか迷う素《そ》ぶりを見せた。

「伯母上、本日はお一つで我慢して下さい。金座裏で夕餉も待っておりますから」

としほに窘《たしな》められた秋代が残念そうな顔で思い止《とど》まった。

「お武家方の奥様が三人お揃《そろ》いで田楽を食べる図は、豊島屋始まって以来のことです。清蔵、感激致しました。今宵《こよい》も金座裏に田楽を届けさせますでな、夕餉の膳でご賞味下さいまし」

と清蔵が嬉《うれ》しそうに破顔した。

桜の季節だ。

豊島屋には次から次に客が入ってきて田楽を菜《つまみ》に下《くだ》り酒を飲んでいった。上酒の割に値が安いのは酒の小売で利を上げようとはしない、

「豊島屋商売」

の極意であり、秘密だ。

上方《かみがた》から仕入れる樽酒《たるざけ》の樽を売って利を上げ、中身の酒の値を出来るだけ抑えるという初代以来の家訓だ。

江戸時代、酒の空樽は水を溜《た》め、野菜を糠漬《ぬかづ》けと、なんでもに重宝される道具だ。酒の香が染み込んだ樽だけに糠床にすると香が染みた美味な菜漬け、古漬けができる。

そんなわけで四季を問わず客足が絶えない。

親藩大名家の重臣の奥方の幾らは、活況を呈する店の様子をにこにこと眺めて、清

蔵が格別に出した白酒を飲んでいた。

最前、喧嘩した臥煙と中間らは政次の仲裁で仲直りし、政次に鳶口で殴りかかった兄いも意識を取り戻した後、仲間に伴われて政次のところに詫《わ》びにきた。

「金座裏の若親分、つい酒に酔っちまって商売道具を振り回してしまった。なんとも面目ねえ、許してくんな」

と神妙に謝るのを見た幾が、

「これ、そなた、そこに控えよ。園村幾が言い聞かせることがある」

「ははあっ」

と兄いらが土間に座した。

さすがは川越藩松平家重臣六百石の奥方の貫禄だ。

「よいか、酒はほどほどに楽しめば百薬の長です。ですが、そなたのように度が過ぎれば気違い水に変じますでな、以後、気をつけなされよ」

と諭《さと》された臥煙の頭分はいよいよ大きな体を小さくして恐縮した。

「奥方様、若親分、以後酒はほどほどに慎みます」

それがよい、と幾が満足げな笑みで応じた。

「頭、これを機に豊島屋さんの常連客に加えてもらいなさい。店に入れば貴賤《きせん》貧富を問わないのが豊島屋流ですからね」

　と政次に釘《くぎ》を刺された兄いが、

「若親分、それにしてもおまえ様はなんとも強いね、驚きましたぜ」

　と一瞬の投げ技を思い出したか、打ちつけた肩口を擦《さす》った。

「怪我はありませんか」

「へえ、怪我はございませんや。それよりさ、ふんわり体が浮いたかと思ったら、どすんと落ちて目の前が真っ暗だ。なにが起こったのかも仲間に教えられて知りました。いやはや呆《あき》れたぜ、若親分の手並みにはよ」

「兄い、名前はなんだ」

　と亮吉が政次に代わり、口を挟んだ。

「へえ、戸田家の火消し、勇《いさ》みの権八《ごんぱち》でさあ」

「権八兄い、うちの若親分は江戸にその名も高い直心影流《じきしんかげ》神谷丈右衛門《じょうえもん》道場の門弟だぜ、それも若手では敵なしだ。松坂屋仕込みの丁寧な口調に騙《だま》されると、おまえさんのような痛い目に遭う」

「兄い、仰るとおりだ。酒は慎む。だがよ」

　と言った勇みの権八が、

「一杯だけ若親分のお流れが頂戴《ちょうだい》したい」

と土間に正座したまま頭を下げた。

「私と酒を酌み交わしたいというのですか」

としばらく思案していた政次がにっこりと笑い、

「亮吉、最前匕首を振り回した参之助《さんのすけ》さんを呼んでおいで」

と命じた。

権八がなにをする気だという顔をした。

「案じなさるな」

と政次がいうところに中間頭の参之助が、

「若親分、最前は豊島屋を騒がしてすまねえ」

とこちらも腰を低くして姿を見せた。だが、匕首で渡り合った相手の顔は見ようとはしなかった。未だ喧嘩のしこりが残っていると見える。

「参之助さん、勇みの権八兄いが私と酒を酌み交わしたいと言うんでね、そなたも呼んだ」

と言うと政次が亮吉に命じて大ぶりの盃を用意させ、権八に持たせると政次自ら酒を注《つ》いだ。

「考えによっては酒も喧嘩も仲良くなる切っ掛けになります。私を入れて三人で飲み分けに致しましょうか」

政次の言葉に権八と参之助が、

「おお、金座裏の若親分と飲み分けか」

「おれたち、兄弟分か」

と興奮の体でまず権八が両手に恭《うやうや》しく酒器を捧《ささ》げ持って口を付け、

「参之助兄い、最前はすまなかった」

「いや、こっちこそ年甲斐《としがい》もねえ」

と互いに詫び合い、今度は参之助が二口で酒を口に含み、

「頂戴します」

と最後に政次が飲み干した。すると独楽鼠の亮吉が、

「一座の皆様、御手《おて》を拝借申します。金座裏の若親分、臥煙の頭分勇みの権八、中間頭参之助、三人めでたく飲み分け、鎌倉河岸に義理の兄弟が誕生致しました」

と叫ぶと亮吉の音頭で、

「ヨオッ、シャンシャンシャンシャン」

と締めた。

「姉上、江戸は粋《いき》でようございますね」

「川越では考えられませぬな」

「しほはこのような皆さん方に助けられて生きて参ったんですね」

幾と秋代が感慨深そうに頷《うなず》き合った。すると幾が突然腰を上げ、

「亮吉さんを前座にしたようで悪うございますがな、鎌倉河岸の皆様方にしほのお礼を申し上げとうなりました」

と小上がりの上がりかまちに、どっこいしょと上がり、悠然と一礼した。

「鎌倉河岸豊島屋でお寛《くつろ》ぎの皆の衆にしほの伯母として一言お礼を申し述べます。私どもは、しほの母親久保田早希の姉と姪にございます。此度《こたび》、政次さんとしほの祝言のために川越城下から出て参りました。

早希は、しほの父親村上田之助と川越を出て諸国を流浪、しほを産んだ後、鎌倉河岸に辿り着きましたが、永の道中の疲れからか流行病《はやりやまい》にかかり斃《たお》れました。また、江《え》富文之進《とみぶんのしん》と改名していた父親も奇禍に遭って死んでおります。一人だけ残ったしほが、豊島屋さん、金座裏の親分さん、さらには多くの皆様方の人情に支えられて、このように嫁に行くまでに成長致しました」

幾は一息ついた。

しほはもちろん、秋代も大きな腹の春菜までが幾の傍らに立ち上がっていた。

「しほを育てたのは私たちではございません、まして酒と賭《か》け碁に溺《おぼ》れた父親の力でもない。鎌倉河岸の皆さんの情けと助けがあったればこそです」

場が、
わあっ
と沸いた。調子が出たか、幾が、

「政次若親分と所帯を持つからには、金流しの十代目宗五郎の嫁としての苦労が待ち受けておりましょう。家光様以来の金座裏の家を支えるには政次若親分もしほも未熟者にございます。若い二人に今後ともこれまでどおりのご指導とご助勢を賜りますよう、園村幾、僭越《せんえつ》ながらこの場を借りてお願い申し上げます。ご一統様、宜《よろ》しく二人をお引き回し下さいませ」

と深々と幾が腰を折って頭を下げ、居並んだ女たち三人も幾に倣《なら》った。

「任せておきなって、伯母上様よ」

亮吉が叫び、
わあっ！

とさらなる歓声が上がり、

「鎌倉河岸には千代田の御城を築いた時以来の人情があるんだよ、鎌倉河岸は人情河岸だ、豊島屋なんぞは金のねえときは付けでいくらでも飲ませてくれるんですぜ」

「繁三《しげぞう》、その手には乗りません。これまでの付けがいくらあるか思い出させてあげましょうか」

と清蔵が掛け合い、

「豊島屋の大旦那、言葉のあやだ、忘れちゃいないって」

「それなら宜しい」

「話の腰を折られましたが若親分としほちゃんには、この駕籠《かご》屋の繁三が付いていますさあ。奥方様、案ずることはなにもございませんよ」

繁三の言葉に亮吉が、

「お喋《しゃべ》り駕籠屋、それが一番不安のタネなんだよ」

と茶化した。

こうなると合いの手を入れたくらいで我慢ができないのが清蔵だ。

「園村幾様、鎌倉河岸にようも気を遣って頂きましたな、お礼を申しますよ」

「私どもしほの伯母の正直な気持ちにございます」

「お武家様の奥方がこのような船頭、駕籠屋、中間たちが集《つど》う酒屋で、姪のこととはいえなかなか出来るご挨拶じゃあございません。幾様にそれほど鎌倉河岸の情の厚さを褒められると、ちょいとばかり尻がこそばゆい連中もおりましょうがな、それはそれとして私どもはしほちゃんがこの豊島屋に、鎌倉河岸にいてどれほど助けられたことか、和んだことか。幾様、私はね、自分の娘を嫁に出す以上に複雑な気持ちにございます、もうこれ以上話すと涙が出そうだ」

「旦那、もう瞼《まぶた》が濡《ぬ》れているよ」

「煩《うるさ》い、繁三」

と一喝した清蔵が涙を拳《こぶし》で拭《ぬぐ》って、

「一座の皆さん、これからの飲み代はただにございます。金座裏の若親分としほちゃんの前祝いの酒と思うて飲んで下されよ」

おおっ！

という、これまで以上の歓声が豊島屋に湧《わ》いた。

「ただし、勇みの権八さんは我慢です。分かっておいででしょうな」

と釘まで刺した。

「旦那、皆まで言うな、分かっているって」

「ならば宜しい」

「ほれ、最前、飲み分けた盃、小僧さんに願って懐《ふところ》にあらあ。酒を気違い水にしねえように戒めにするぜ」

「よう言うた、権八さん」

豊島屋の宵がゆるゆると始まった。


政次らと園村幾、佐々木秋代、静谷春菜が金座裏に戻ったのは六つ半（午後七時）に近い刻限だった。

「よほど豊島屋さんが気に入りましたか、だいぶ長居をなさったようですね」

とおみつが出迎え、亮吉の顔を見て、

「もっともうちの連中がいたんでは直ぐには戻れませんでしたね。亮吉が意地汚く引き止めたのではございませんか」

「いえいえ、おみつどの、そうではありませんよ」

と幾が豊島屋で見聞したことを語り出そうとすると奥から静谷理一郎が姿を見せた。

「春菜、江戸に到着したばかりで出歩いて大丈夫か」

と愛妻の身を案じた。

「あら、理一郎様、春菜は病ではございませんのよ。赤子を産む日まで体を動かしていたほうが却《かえ》って出産が楽になり、元気な赤子が生まれるというではございませんか」

「元気ならばよいがな」

と言い負かされた感じの理一郎が、

「若親分、しほどの、ご一統様、お久しぶりです」

と矛先を変えて挨拶した。

「理一郎様も春菜様と一緒に江戸に出て参られたとは存じませんでした」

「いえ、そうではありません、若親分。それがし、父の跡を継いで御目付《おめつけ》に就任することが決まり、在府中の直恒様に挨拶にと数日前より出府しておりました。こちらに挨拶にとは考えておりましたが、御用繁多《はんた》でただ今になりまして申し訳ありません」

と事情を語った。

「御目付就任ですか、おめでとうございます。いよいよ川越藩の藩政に携《たずさ》わる身になられましたか」

「若親分もしほどのと所帯を持たれる、どこもが代がわりですね」

と笑った理一郎が、

「本日、幾様方の出迎えに託《かこつ》けて金座裏にお邪魔をしているのはそれがしだけではございません。辰一郎《しんいちろう》どのに田崎九郎太《たざきくろうた》様もお出でです」

「婿どの、川越藩江戸屋敷が金座裏に引っ越してきたようですね」

秋代が嬉しそうに応じたところに、

「おや、まだ玄関先におられましたか」

と小僧の庄太に大風呂敷《おおぶろしき》を提げさせた豊島屋の清蔵が姿を見せた。すると、
ぷーん
と金座裏の玄関土間に味噌《みそ》田楽の匂《にお》いが漂った。

「ささっ、皆さん、お上がり下さい」

と、しほがすでに金座裏の若女房然と一同を座敷に誘《いざな》った。すると神棚のある居間には園村辰一郎の他に田崎九郎太、さらに寺坂毅一郎《きいちろう》までいた。

政次にとって田崎も寺坂も神谷道場の兄弟子であり、厳しくも親しい交わりを重ねる先輩方だ。

「おみつ、田崎様にも寺坂の旦那にもお待たせ申した。ささっ、酒を出してくれぬか」

と宗五郎が命じて、場所を変えての政次としほの前祝いの宴《うたげ》が始まった。

三

翌日、政次が朝稽古《あさげいこ》の途中で親分に命じられた御用を一つ果たして金座裏に戻ってくると、家の前に乗り物が一挺《ちょう》止まり、陸尺《ろくしゃく》たちが格子戸の向こうの前庭にいた。

刻限は四つ（午前十時）の頃合だ。

「ご免なさいよ」

政次が格子戸から石畳を玄関に向かうと金座裏の広い土間に従者の侍たちが四人ほど待機しておみつから茶の接待を受けていた。その様子からして来客は政次が戻ってくる直前に訪れた様子だ。

「おっ養母《か》さん、ただ今戻りました」

とおみつに挨拶すると一人が上がりかまちから立ち上がり、

「先日は失礼を致しました」

と丁寧に頭を下げた。

銀のなえしを返すとみせて打ちかかってきた魚津《うおづ》昌吾《しょうご》だ。

「魚津様、なんのことがございましょう」

政次が屈託なく答えた。

「田中玄宰《たなかはるなか》様のお乗り物でしたか」

と政次が奥をちらりと見ると、おみつが聞いた。

「政次、親分とお二人で話しておられる。そなたも同席されますか」

「用事があれば呼ばれましょう。それまでは控えております」

おみつに答えた政次が、

「魚津様、玄関先ではなんでございます。お上がりになりませぬか」

「われら、ご家老の警護が任務にござれば不測の事態に備えるのが務めにござる」

と魚津が思わず、

「会津藩に不測の事態」

が起こりうることを披瀝《ひれき》した。

政次はそれには気付かない振りをして、

「魚津様、金座裏にございます。家内にてお客人になんぞ危害を加える目にはお遭わせ致しませせぬ」

「おお、そうであったわ。ご家老が応対しておられるのが宗五郎親分、さらに若親分までおられる金座裏でなにかが起こるとは考えられぬことであったな」

と苦笑いした魚津が、

「正直申してな、本日は金座裏がどのような屋敷か見物したかったのだ」

と吐露した。

「おっ養母さん、台所に上がってもらってよいですか」

「政次、いくらなんでも初めてのお方に台所では失礼でしょう。座敷はないわけではないんだからさ」

政次は奥の話が聞こえることはなく、なんぞあれば、魚津たちが直ぐに対応できる場所として台所の板の間を選んだのだ。

「お内儀どの、われら、台所でも構わぬ」

と魚津が応じて、

「初めてのお武家様にいいのかねえ」

と首を傾《かし》げるおみつに政次が、

「おっ養母さん、一番金座裏らしいところが台所です」

と魚津ら四人の武士を台所の板の間に案内した。

手先たちは町廻りに出て、女衆数人が昼餉の仕度をしていた。政次の顔を見た一人が、

「若親分、味噌汁を温めますか」

と声をかけて魚津らに気付き、

「これはお武家様、失礼を致しました」

とぺこりと頭を下げた。

「おきよ、朝餉は外で済ませた」

と魚津らを気遣い、政次はそう答えていた。

「おおっ、さすがに金座裏かな。台所の板の間が寺の庫裏《くり》か、藩邸の広敷《ひろしき》ほどあるぞ」

と魚津が四十五畳ほどの板の間を眺め回した。黒光りした大黒柱は径一尺五寸（約四十五センチ）ほどの松材で、梁《はり》が剝《む》き出しの天井も高かった。板の間は土間に接しているからさらに広い感じがした。

広い板の間の火鉢の傍らで菊小僧が眠りこけていた。

おみつが座布団を用意して火鉢の周りに敷きながら、

「金座裏の食堂《じきどう》にございますよ、ゆったりとお寛ぎ下さいまし」

と覚悟を決めたように言った。

火鉢を囲んで車座になった五人に改めて茶菓が供された。

森閑とした奥からそこはかとない緊張が伝わってきた。

会津藩の国家老が表敬訪問にきたわけではないことは、政次は分かっていた。

そのことを気にした様子の魚津が、

「若親分、長くなると思う」

と呟くように言った。

「魚津様、金座裏に一家を構えて九代目にございますれば、町衆の諍《いさか》いばかりが御用の筋にはございません」

「家光様以来の金流しの親分だ。いかにもさようであろう」

と魚津が答え、

「おお、うっかり忘れておった」

と言うと、

「その方《ほう》ら、若親分に名乗れ」

と命じた。すると背の高い一人が、

「それがし、江戸藩邸目付松村正兵衛《まつむらしょうべえ》にござる」

「おなじく木下忠道《きのしたただみち》」

「それがし、用人物書鈴木《すずき》寅松《とらまつ》にござる」

と次々に名乗り、

「若親分、それがし、国家老付密事《みつじ》頭取《とうどり》の役職を拝命しておる」

と最後に魚津が職名を明かした。

政次は会津藩の密事頭取がどのような職階か分からなかった。が、そのことに触れると奥の話し合いとの関連もあると判断し、敢《あ》えて問い質《ただ》さなかった。

「金座裏の政次にございます」

と政次が最後に応じて背から銀のなえしを抜いた。

「松村、見たか、先日、あのなえしのせいで手酷《てひど》い目に遭わされたのだ」

「魚津様が手玉に取られたと申されるは真実にございますか」

と松村が魚津と政次を交互に見た。苦笑いした魚津が、

「その方、町方《まちかた》など何事もあらんと考えておるな。金座裏にはまかり間違っても手を出すのではないぞ。それがしの二の舞を演じることになる」

と魚津が自ら神谷家での話に触れようとするのを政次が制して、

「会津様では日新館《にっしんかん》なる武道場の造営を始められたと聞いております」

と問うた。

「若親分、それを承知か、だが、武道場ではない、藩校じゃあ。従来の藩の防衛の要の軍学は甲陽流であった。それが此度の改革で永沼流軍学が採用され、文武の館とし

て日新館が造営されておるのだ。完成まではあと二年はかかろうと思う」

「藩校造営に何年も要しますので」

「ただ今会津藩ではあらゆる面から見直しが行われている最中でな、改めて武士の本分たる文武を学び直す気運が盛り上がっておるところだ。その中心になるのが日新館造営でな、建物ばかりではなくなにを教え、なにを学ぶかも課題であるゆえ、数年の歳月をかけて造営作業が行われておる」

「会津藩のお家流の剣術はございますので」

政次は話題を変えた。

「お家流と確たる流派はござらぬ。元禄の頃は太子流《たいし》が盛んであったそうだが、ここにおるわれら四人は神道精武流《しんとうせいぶ》を小笠原長政《おがさわらながまさ》先生に学んだ仲間にござる」

政次の知らない流派だった。

「いや、われら理にかなった実戦剣法と思うて精進して参ったし、それなりの自信もござった。だが、過日の、神谷道場の猛稽古を見せられては、残念ながら田舎《いなか》剣術と認めるしかない。さすがに江戸は広い。有為の人材がおられて切磋《せっさ》琢磨《たくま》しておられる、正直驚いた」

「その上、若親分に手玉に取られては魚津様も形無しですか」

「松村、言うな。そなたも江戸におる身だ、一度くらい神谷道場の門を叩いて指導を仰げ」

「若親分、直ぐに稽古が許されようか」

「町人の私が許されたくらいです、松村様を拒む理由はなにもございますまい」

「松村、二百近い方々が朝稽古に精を出されるのは壮観だぞ」

「それは見物ですな」

と応じた松村が、

「魚津様、われらの口から若親分に金座裏訪問の理由を話してはなりませぬか。ご家老と親分がこの長時間話し込まれているということは、すでに金座裏が承知したという前提ではございませんか」

と密事頭取魚津に言い出した。

「そうじゃな、この話、本来なれば親分と若親分が同席して話されることであった。手間を取らせぬためにもそう致すか」

茶を喫した魚津が、

「若親分、迂遠《うえん》の話じゃが、わが藩についてまず話しておきたい」

と前置きした。

「寛延三年のことだ、四代容貞《かたさだ》様が二十七歳の若さで夭折《ようせつ》なされた。此度の騒ぎの遠因は、この容貞様の他界にあるやもしれぬ。跡を継がれたのが当代の容頌《かたのぶ》様であったが、わずか七歳であられた。そこで天明元年まで叔父容章《かたあきら》様の補佐を受けて藩政を執行なされてきた。というのは、表向きの話で叔父御《おじご》の容章様が身辺に集められた親衛隊が藩政を牛耳り、藩主の容頌様は神輿《みこし》の上に飾り奉られていただけの藩政でな。すでに容貞様が襲封《しゅうほう》なされた折も折、江戸の芝藩邸が火事で類焼し、さらには国許《くにもと》の会津若松城下が大火に見舞われ、幕府の命で千代田城の堀さらいと、大金がかさむことばかりが続いたこともあって、藩財政は深刻極まる危機に陥っておった、われらの扶持《ふち》も借り上げが繰り返されてきたほどだ。

藩財政の逼迫《ひっぱく》は、農民の貧窮を招き、田畑を捨てて逃散《ちょうさん》する百姓が増え、遂には猪《い》苗代《なわしろ》で一揆《いっき》の火の手も上がった。

このような最中に、容頌様が五代目藩主の地位に登られ、藩政の実権を叔父御の容章様が三十余年に渡って専横されてきた。これではいよいよ藩財政は危機に陥るばかりでな、藩士の間でも改革せねば、会津は潰《つぶ》れるという話が度々出るようになった。だが、改革の気運が盛り上がる度に、容章様の親衛隊に摘発され、改革の芽は潰されてきた」

政次は大名が持つ共通の悩みを親藩《しんぱん》の会津家臣から聞くことになった。

「われわれが待ち望んでいた機会が訪れたのは天明七年、今から十四年前のことであった。成長なされた容頌様は、家老田中玄宰様の建議を受け入れられて、叔父御の容章様一派を排斥し、藩政改革に着手なされた」

魚津は茶を啜《すす》った。

「改革の第一歩は、疲弊した田畑を改良し、農村を復興させることであった。そのために郷村《ごうそん》の支配の強化を命じられた。これまで形ばかりであった郡奉行《こおりぶぎょう》、代官を実際に百姓地に出役させて、直《じか》に支配することにしたのだ。それまであった容章様の地方組織の長の郷頭《ごうがしら》の権限を縮小し、農村支配の実権を減じて、郡奉行、代官、肝煎《きもいり》という新しい下達方法に変えられた。これによって五人組制度はさらに強固なものになり、年貢を納めぬ際にはこれまで以上に連帯責任が強化されることになった。

だが、これだけでは農村にさらなる不平不満が渦巻くのは目に見えておる。容章様時代まで、米の穫《と》れる熟田は庄屋《しょうや》や郷頭が占有し、米が穫れない薄田は水呑《の》み百姓の持ち物とはっきりしていた。そこでご家老は、土地分給策なる田畑の生産力の均等化を試みられた。また、百姓の労働力確保のために産子養育が奨励された。その他、養《よう》蚕《さん》、紅花栽培、漆器《しっき》の改良、さらには播州《ばんしゅう》より杜氏《とうじ》を呼んで酒造りの改良にも手を付けた」

　魚津が再び茶碗《ちゃわん》を手にした。すると松村が話方に代わった。

「江戸藩邸に会津藩物産会所《かいしょ》を設置し、江戸での藩物産の販売を行うことも致しました。ようやく財政改革が緒に就き始め、その仕上がりとして最前話題になった藩校日新館の造営が始まったのでございます」

「ようございましたな」

「若親分、それがよくないことが起こった。それもこの江戸を舞台にしてのことだ。会津藩物産会所の金子《きんす》が紛失致す事件がしばしば起こった。この一年余のことだ」

ようやく本論に入ったことになる。

　魚津が舌を茶で潤し、

「最初は漆器を江戸で売り捌《さば》いた代金の百五十三両が消えた。むろん江戸藩邸内の会所だ、外から入ってきた人間の仕業ではない。目付の松村らが必死の探索を繰り返したが、会所の内蔵の銭箱から忽然《こつぜん》と消えてしまったのだ」

　と説明した後を松村が受けた。

「内蔵の重い銭箱が保管してある場所に近付ける者は、藩物産方数人です。むろん全員が厳しい取り調べを受けましたが、一人として、これといった確証がある者を洗い出せなかった。むろん我々はそれで探索を終わりにしたわけではない。その後も銭箱に触れられる者にかぎって五人の藩邸内外の暮らしぶりを尾行して探索した」

「怪しい方はおられませんでしたか」

「五人ともが慎ましやかな暮らしに甘んじておった」

一座に沈黙が支配した。

「そんな折、およそ三月半後に新たな盗難が発覚致した。紅餅《べにもち》を売り捌いた代金六百三十七両が消えたのだ、若親分」

魚津が呻《うめ》くように言った。

「金額が大きゅうございますな」

「紅花はなかなか高価な生産物でな、多くの人の手がかかっておる。山形産の紅花ほどの値では売れぬが、品質改良の結果、ようやく江戸で会津産の紅花が取引できるようになった矢先のことだ。六百三十七両はいかにも会津藩にとって大きな損失でござる」

「一度目の折に疑われた方々が再び取り調べを受けることになったのですか」

「いかにもさよう」

と松村が応じ、

「ただし、一度目の盗難騒ぎの後、内蔵に入る折は二人一組と致し、その組み合わせは藩物産会所の直属上司勘定頭《かんじょうがしら》が指名して銭箱を開閉させた」

「にも拘《かかわ》らず大金が消えましたか」

「さらに半年後、四百両が再び消えた。若親分、われら、目付一同、不眠不休の探索を続けたが、どこに消えたかだれが奪ったか、情けないことに割り出せなかった」

「それで私どもも町方に手助けをと考えられましたか」

政次は判然としない気持ちで聞いた。

「三度の盗難で都合千百九十両、ただ今の会津にとって涙が出るほどに惜しい金額にござる。だが、金子は藩士一同が暮らしを切り詰め、百姓に汗を掻《か》いてもらえば取り返すことはできる。だが、ご家老田中玄宰様主導の改革が頓挫《とんざ》する恐れが出て参った」

「百姓衆が汗水垂らして働いた養蚕、紅花の稼ぎですから、藩物産会所の支払いが滞《とどこお》れば不平不満も出て参りましょう」

「若親分、それだけではないのだ。天明七年に駆逐したはずの容章様一派が、ただ今の改革には大きな落ち度があると国許《くにもと》で騒ぎ始めたのじゃ、在地支配の郷頭らと一緒になり、藩政庁に訴えを出し、改革失敗を訴え始めた」

「金子盗難と改革失敗を訴える一派との動きには、なんら関わりがあるのでございますか」

「容章様一派が盗難騒ぎを機に力を盛り返してきたのは確かです。だが、二つのことに関わりがあるとは言い切れません。ともかく容章様一派の復活は、国許のことに限られておったのです」

魚津が言い、松村が、

「国家老田中様が江戸に出て来られた理由は、まず在府中の容頌様に面談し、改革続行を訴えられることが一点、また藩邸内の盗難騒ぎの糾明の探索の尻を叩かれることがもう一点です」

政次は国家老が江戸に出てくる以上、どちらの騒ぎにしろ、なんらかの確証があってのことではないかと思った。

「若親分、田中様が江戸藩邸に到着なされたその日の夕方、藩物産会所の内蔵で藩士の小吉源助《こきちげんすけ》と下久保《しもくぼ》公助《こうすけ》の二人が一撃の下に斬《き》り殺されておるのが見つかりました」

ようやく会津藩が落ちた苦悶《くもん》の淵《ふち》に辿り着いた、と政次は思った。

「二人は銭箱に触れることができる会所方ですね」

「いかにもさようだ、若親分。二人は最前話した五人の内の二人で、年も小吉が四十九歳、下久保が二十三と離れており、役目を離れての付き合いはない間柄でな」

「下手人《げしゅにん》は未《ま》だ不明ですか」

「内蔵にはその二人しかおらなんだし、二人の刀は鞘《さや》の中で、刃に血糊《ちのり》一つ付いておらぬ」

「二人が闘争に及んで相討《う》ちになったのではない。だれか三人目の人物がいて、会所方を斬殺《ざんさつ》したことは明白です」

　と松村も言い添えた。

「ご家老が江戸に上がられた日に殺されたことになにか意味があると皆様方はお考えなのですね」

「と思うのが自然の推論ではなかろうか」

　と魚津が言ったとき、奥から政次らにお呼びがかかった。

四

　五日後にしほとの祝言を控えた政次の姿が金座裏から消えた。町廻りから戻った亮吉が台所で菊小僧をからかいながら、

「おかみさん、若親分の姿を見かけないけど」

と聞いた。

夕暮れ前のことだ。

「親分の御用じゃないのかい」

とおみつの答えはあっさりとしたものだ。

「御用か、どこへ行ったんだろう」

「知りたかったら親分に聞きな」

「親分か、聞き辛《づら》いやな」

「なにか急用なの、亮吉さん」

その場にしほもいて、亮吉に問い返した。

「格別用事というわけでもないがさ。むじな長屋に寄ったらさ、おっ母さんが、若親分の祝いをなにか考えたかって煩《うるさ》いんだ。おれ、祝いだなんて考えもしなかったからさ、そんなの考えてねえって答えたら、おまえと彦四郎と若親分の三人は、兄弟同然の仲だよ。今でこそ若親分と手先の間柄だが、元を辿ればちんころのように泥まみれになって遊んできた仲だ。その兄弟分が所帯を持つというのに祝いの品の一つもあげないのは薄情じゃないかって」

「おっ母さんに言われたの」

「そうなんだ、しほちゃん」

亮吉に首筋を摑《つか》まれて吊《つ》るされた菊小僧が柔らかに体を捻《ひね》りながら、
みゃう
と鳴いた。

「おれ、全然、思いもつかないしさ、彦四郎に聞いたらそんなの気持ちだ。亮吉がやりたければ、自分で考えろって素っ気ないんだ」

「彦四郎さんはどうするって」

「あいつは黙っているけどなにか用意している感じだな。おれだけ取り残されるのは嫌だしさ」

「それはおかしいわ。だれもが無理して用意することもないと思うけど」

しほは、男衆が夕餉に使うお膳を一つひとつ布巾《ふきん》で拭《ふ》きながら亮吉に応対していた。

「亮吉、それで当人に聞こうって算段か」

「おかみさん、そうなんだ。だから若親分になにが欲しいか談判したいんだ」

しばらく思案していたおみつが、

「政次はしばらく金座裏に戻ってこないと思うね」

と洩《も》らし、あら、としほも小さく驚きの声を上げた。

おみつは会津藩国家老田中玄宰の一行に従って政次が出ていったことをしほにも告げていない。必要ならば宗五郎が自らの口から話すと思ったからだ。

「しばらく金座裏に戻ってこないって、祝言が近いんだよ」

「そんなこと分かっていらあ」

「花婿がいなきゃあ祝言が挙げられないよ。しほちゃん独りでどうするんだい」

「四の五のと煩いね、どぶ鼠。それ以上聞きたきゃあ、親分に聞きな」

「親分か」

亮吉は菊小僧を床に下ろすと、

「日取りも迫っての御用だって、おかしいやな」

「それがうちの仕事だよ、亮吉」

おみつに言い返された亮吉がしほに、

「しほちゃん、知っていたか」

しほが顔を横に振り、

「政次さんは御用が終われば戻ってくるわよ。祝いなんて気持ちよ、それでいいと思うわ」

と最前よりはっきりと答えていた。

「彦四郎だけ祝いを用意してさ、おれだけみそっかすみてえじゃないか」

亮吉はぼそぼそと呟いていたが親分に直に聞く勇気は持てないらしい。また菊小僧をからかい始めた。

「しほちゃんは心配ないのか」

「政次さんを信じているもの、大丈夫よ」

「おれ、当人に聞いてさ、祝いを用意しようと思ったんだ」

ふうーん、と鼻で応じたおみつが、

「祝い祝いって、なんぞ買う気か、亮吉」

「そうなんだ、おかみさん」

「なににしてもお金が掛かるよ。懐に空ッ風が吹き抜けているおまえに蓄えでもあるのかえ」

「そこだ」

「そこだって、どうしたの」

「若親分に欲しいものを聞いてさ、ついでにお金も借りて買いに走ろうかなって考えてんだ。だから、若親分の行き先が知りたいんだよ」

「呆れた」

とおみつが言い、しほが笑い出した。

「亮吉、そんな了見ならば祝いなんぞ頭から追い出しな」

こちらもあっさりと一蹴《いっしゅう》したおみつが土間に下りた。釜場《かまば》では女衆が煮物の火加減を見守ったり、飯を炊いたりしていた。

「しほちゃん、ほんとうに若親分の行き先知らないのか」

しほは顔を横に振ると、

「亮吉さん、この話、必要ならば親分が仰るはずよ。それまで祝いの品に託けて亮吉さんのほうから問い質さないほうがいいと思うわ」

「そうか、そうだね」

亮吉も不承不承政次の行き先を追及することを諦めた。

不意に玄関先で訪《おとな》いを告げる娘の声がした。

亮吉が声を確かめるように耳を澄ましていたが、

「あれ、あれはおふささんの声だぞ」

と玄関へすっ飛んでいった。

一瞬にして人が変わったような行動を見たおみつとしほが顔を見合わせた。

「なにを考えてんだか。あいつは、娘の声を聞くと顔色が変わるよ」

「おっ養母《か》さん、おふささんって、府中宿で爺様《じじさま》を亡くされた娘さんです」

「品川宿の口入屋《くちいれや》のお孫さんだったね、挨拶に見えたかね」

亮吉が喜色満面に戻ってきた。

「おかみさん、しほちゃん、やっぱりおふささんと徳兵衛《とくべえ》さんだったぜ。祝いの品だって。ほれ、木更津《きさらづ》沖で獲《と》れた鯛《たい》を貰《もら》ったんだ」

亮吉が両腕に抱えた竹籠《たけかご》に杉の葉を敷いた上に一尺五寸はありそうな大鯛が尻尾《しっぽ》を反らして鎮座していた。

「亮吉、お二人に座敷に上がってもらったか」

「それがさ、刻限も刻限、玄関先でいいって遠慮するんだ」

しほが直ぐに立ち上がり、おみつも続いた。

「おふささん、元気になった」

しほがどことなく頰《ほお》がこけた感じのおふさに明るく話しかけた。

「しほ様、私は元気です」

亮吉も大鯛の竹籠を抱えて姿を見せ、

「おふささん、おっ母さんは元気か」

と尋ねた。

ぴーんと気を張っていたおふさの顔が歪《ゆが》み、一瞬泣き崩れそうになったが気丈にも踏み止《とど》まった。

「おれ、なんか悪いこと言ったか」

おふさが顔を激しく横に振った。

「違うの、亮吉さん。三日前、おっ母さんが亡くなったの」

「えっ、そんな」

と尋ねた亮吉も言葉を詰まらせた。

しほも愕然《がくぜん》とした。口からなにも言葉が出てこない。おみつが年の功で、

「えらいことが重なりましたね、なんとお悔やみ申し上げてよいか」

付き添いの上総屋《かずさや》徳兵衛が、

「上総屋徳兵衛にございます」

と挨拶して、

「金座裏には直ぐにもお礼をと考えておりましたが、孫のおふさが江戸に戻ってきた直後にかずの容態がおかしくなりまして、三日前に身罷《みまか》りました。介護やら弔いやらなにやらでようやくひと段落着きましたので、こんな刻限にとは思いましたが府中のお礼に伺いました」

と言った。

「おふささん」

しほは思わず飛び降りるように土間に立つおふさに駆け寄ると、その体を両腕に抱き締めた。腕の中の娘は、一回り痩《や》せた感じだ。

我慢していたおふさがついに啜り泣きを始めた。

「上総屋さん、ここは玄関先です。奥には宗五郎もおります、どうか座敷に上がって下さいな」

おみつが徳兵衛に願った。

「おかみ様、八策《はっさく》さん、かずと続けて弔いを済ませたばかりの私どもです。金座裏の祝い事に穢《けが》れを付けるようなことになってはいけません。私どもは玄関先で失礼を致します」

「人が生き死にするのは自然の理《ことわり》です。家族を見送った人になんの穢れがございましょうか。ささっ、奥へ」

おみつが徳兵衛を促し、

「しほ、おふささんを座敷に伴いなさい」

と命じた。

宗五郎が武鑑など書物を引き出して思案する居間に徳兵衛とおふさが通され、しほ、おみつ、亮吉が同席した。

「親分、府中六所明神社《ろくしょみょうじんしゃ》の御田《みた》で非業の死を遂げなさった石塚《いしづか》の八策さんの孫娘のおふささんに、おふささんのおっ母さん方の爺様上総屋徳兵衛さんです。府中のお礼にと大きな鯛を持って品川から見えられたんです」

亮吉が手早く事情を告げた。

「おふささん、なんとこの数日のうちに大事な爺様とおっ母さんを亡くされたか。なんとも言葉のかけようもない。おまえさんの顔を見たら、よう頑張りなされたことが分かる。そんな最中、ようもうちのことなどを思い出して下さいましたな。宗五郎、お礼を申しますよ」

宗五郎がおふさに優しく話しかけた。

「はっ、はい」

今やおふさの両眼《りょうめ》からは涙が止め処《ど》なく流れていた。

「親分さん、府中宿では一方《ひとかた》ならぬ親切を若親分ご一行に受けたとおふさから聞きました。また八策さんの弔いまで子分衆が同伴でやってくださったとか。おふさもどれほど気丈夫だったか、このとおりお礼を申します」

徳兵衛が白髪頭《しらが》を下げた。

「うちの商売は、いつ何時《なんどき》どこであれ困った人の助けに走るのが務めにございますよ。それにしてもおふささんには立て続けに哀しみが襲いましたな」

「親分さん、おふさはとうとう二親を亡くし、私ら女親の爺婆《じじばば》だけが身内になりました。一言若親分さんにご挨拶をと品川から参りましたのでございますよ」

「上総屋さん、政次がおればどれほどよかったか。急な御用で出ておりましてな、二、三日は戻ってきませんので」

「えっ、祝言を前に御用に出られましたので」

「うちの商売は節季も祝儀不祝儀も関わりなしだ。これぱっかりは致し方ございません」

「まさか祝言が先延ばしになるってことはございますまいな。いや、これは花嫁様の前でしたたな」

と徳兵衛がつい聞いた。

「御用次第というしかございません。なあに、しほもそんな政次と夫婦《めおと》になるんだと覚悟は付けてのことでございましょ」

宗五郎の答えはあっさりとしたものだ。

「親分、祝言が先延ばしか」

「亮吉、しほ一人で祝言を挙げるか、先延ばしにするか、道は二つに一つだな」

亮吉が宗五郎の返答にしほを見た。

「親分さん、先延ばしには致したくはございません。離れていても心は一つと誓いあった政次さんと私です。花嫁独りの祝言も金座裏らしいと思います、政次さんもきっと分かってくれます」

「よう言うた、しほ」

涙顔のおふさが、

「しほ様」

としほを感じ入ったように見た。

「おふささん、徳兵衛さん、うちの嫁になるしほだがね、さる大名家の家臣だった父親と母親が出奔して一緒になったのでございますよ。城代家老の息子に横恋慕されて、婚約を破棄させられたんでさあ。流浪の旅の空の下で生まれた娘がこのしほでございましてね、江戸に三人で辿り着いた後、母が流行病で亡くなりましてね、今から四年も前のことかね、さらには父親は賭け碁の諍いから斬り殺されて亡くなり、江戸で天涯孤独の身になった」

思わぬ宗五郎の話におふさの眼がきらきらと光り、しほを見た。

「おふささん、そんな苦労を背負ってきただけにしほはしっかりとした娘に育ちました。おふささんもな、おっ母さんを亡くされて辛かろうが、これも運命《さだめ》だ。しほのように哀しみの後には喜びも待ち受けておりましょう」

「しほ様、そんなご苦労を」

おふさが絶句した。

「おふささん、親分は私一人で苦労を負って生きてきたように申されましたが、鎌倉河岸や金座裏界隈の人情に支えられて幸せに生きて参りました。父が死んだ後、親分方のお調べで出自を隠していた父と母の実家や親類が分かり、此度の祝言にも出てくれます。しほには確かに両親はおりませんが、たくさんの家族同然の方々が控えておられます」

「しほさんに比べれば私の哀しみなんて大したことないわ」

とおふさが言い切り、

「徳兵衛さん、おふささん、格別なにもないがさ、うちで夕餉を食して精進落としをしていきなさいな」

とおみつが言い出し、台所に立った。

「それがいいわ」

としほも手伝いに向かおうとした。

「爺様」

おふさが徳兵衛を見た。

「遠慮はいらないとこだよ、おふささん。独りで生きてきたしほちゃんから力を貰いな」

亮吉も言い出し、徳兵衛がこっくりとおふさに頷き返した。

「ならば、私にもなにか手伝いをさせて下さい、しほ様」

「哀しいときは体を動かすのが一番よ」

しほとおふさの娘二人がそそくさと金座裏の台所に姿を消した。

居間に残ったのは宗五郎、徳兵衛、亮吉の男三人だ。

「親分、お言葉に甘えてようございますか」

「上総屋さん、うちは男ばかりの大所帯だ、急に一人ふたり増えようと、どうということはない」

「親分、若親分がいたらよかったのにね」

「亮吉、政次の行方《ゆくえ》が気になるようだな」

「違うったら。おれ、なんぞ祝いの品を考えろっておっ母さんに言われてよ、そんで」

「政次に金も借りて祝いを買おうという算段か」

「あれ、親分、おれの話、盗み聞きしたな」

「馬鹿野郎、かりにもおれはお上から十手《じって》を預かって九代目の宗五郎だ。子分の話なんぞ盗み聞きしなくたって、おめえの心の中ぐらいは見通しだ」

「ありゃ」

と驚いた亮吉が、

「どうやらしほちゃんの独り祝言もありそうだ」

と呟いた。

「亮吉さん、おまえさんは八王子の念仏院《ねんぶついん》の願立《がんりゅう》和尚からおふさが八策爺様の形見を譲られたのを覚えておられますな」

「上総屋さん、忘れるもんか。八王子から江戸に出た後、神社仏閣をお参りした覚書《おぼえがき》だったな」

領いた徳兵衛が、

「親分さん、これを」

と懐から一冊の古びた帳面を差し出した。表書きに下手な字で、

『江戸日誌八策隠居寺社巡り徒然草』

とあった。

「拝見してようございますか」

徳兵衛が頷き、

「最初はあちらこちらの寺巡り神社参拝の思い出草にございますがな、最後の項目が親分方には関心がおありかと存じます」

宗五郎はその言葉に従い、最後から読み始めたが、

「八策爺様、江戸に千両箱を担いで出られたか」

「私どもは知りませんでしたがな、どうやら千両を越す金子を残して品川に居宅を構え、隣地の善福寺《ぜんぷくじ》に三十両を寄進したのを始まりに、最後は自らの永代供養料を念仏院に十五両送金して、すっからかんになった記録にございますよ」

「気持ちがいいほどの使いっぷりですね」

と寄進の記録を見ながら宗五郎が笑った。

「一文二文の口銭《くちせん》を取る口入稼業では考えられません。彦蔵って子分め、八策親分の菩《ぼ》提心《だいしん》を見抜けなかったようですね」

「利欲に走る人間には慈善心なんぞ思いもよらぬことにございましょうな」

と苦笑いすると、

「千二百十三余両、その大半を寺社方《じしやかた》に寄進して三途《さんず》の川を渡るのもまた人生かな」

と言うところにしほとおふさが盆に燗徳利《かんどつくり》や酒器を載せて、

「お酒の燗がつきました」

と運んできた。

第四話　偽書屋

一

天正十八年（一五九〇）、奥羽仕置《おううしおき》のため会津黒川城に入った豊臣秀吉は、伊達政宗から没収した会津地方と、白川、石川など仙道《せんどう》地方を合わせて九十二万石を蒲生氏《がもううじ》郷《さと》に与えて立藩させた。

会津藩の始まりである。

会津に勇躍入封《にゅうほう》した氏郷は、築城と城下町造りを本格的に行い、黒川を若松と改めた。

わずか三年後の文禄二年（一五九三）には七層の天守閣が完成し、城下の町割りも整備され、

「奥州の都」

として繁栄を見せ始めた。

だが、氏郷が会津藩整備の最中の文禄四年に死に、幼い秀行《ひでゆき》が跡目を継承すると、家中の騒動が絶えなくなる。

秀吉は蒲生家を宇都宮に移し、代わりに上杉景勝《うえすぎかげかつ》を会津百二十万石に封じた。上杉氏では領内二十八城を置き、重臣を配置させ、半石半永《はんごくはんえい》制の年貢制を命じ、漆《うるし》、蠟《ろう》栽培にも重い税を課した。

上杉氏は関ヶ原の戦いに際し西軍石田三成に与《くみ》したため、九十万石に削られ、さらに三十万石で米沢《よねざわ》に移された。

慶長六年のことだ。

この後に再度入ったのが家康の娘婿《むすめむこ》として徳川一族と縁戚《えんせき》を得た蒲生秀行である。会津・仙道両地方合わせて五十七万九千石、幕府の格式としては六十万石であった。慶長十七年秀行が死去すると、嫡子亀千代《ちゃくしかめちよ》（忠郷《ただいさと》）が家督を相続した。だが、寛永四年、嗣子《しし》なく忠郷が没したため、伊予松山より加藤嘉明《かとうよしあき》が入封した。

この折、会津諸郡と安積《あさか》、岩瀬、田村の諸郡を合わせて四十万石に改められた。

寛永二十年八月、保科正之《ほしなまさゆき》が出羽最上《でわもがみ》より二十三万石の領主として会津若松に入ることになる。この正之、徳川秀忠の実子であり、以来、「陸奥《むつ》の要衝」

を守る会津は幕末まで保科・松平（元禄九年に松平の姓を許される）氏の支配が続くことになる。

正之は会津入りすると次々に新令を発布し、年貢収納の細かい定めを決め、領内の重要産物、蠟、漆、鉛、熊皮、巣鷹《すたか》、女、駒《こま》、紙の八品は、無手形で他国に出すことを禁じた。さらに諸駅制、年季奉公の仕置、百姓救済の社倉制が定められた。また家中においても家臣団の編成が改められ、政治機構が整備された。

寛文八年（一六六八）に定められた「家訓《かきん》十五ヶ条」は、会津藩政の基本的な方向性を定めるものになった。

保科正之、正経《まさつね》、三代正容《まさかた》の代には松平姓を名乗ることを許され、容貞《かたさだ》、容頌《かたのぶ》と五代を重ねていた。

会津藩保科・松平家として五代目、およそ百二十余年の歳月が経過して、家中にも領内にも綱紀の弛《たる》みが生じていた。

国家老田中玄宰《たなかはるなか》の建議に基づき、藩政改革に着手した背景であった。

そんな最中、千代田城近くの江戸藩邸内で殺人事件が起こった。会津藩としては見過ごすことのできない事件だった。

陸奥会津藩の江戸藩邸は和田倉門内にあって、松平家の西は坂下渡り門の広場と蛤《はまぐり》堀を挟んで西丸、本丸に接する地にあった。

上屋敷の敷地は九千百五十余坪、さらに道を挟んで北面に預かり屋敷二千八百坪余があった。親藩《しんぱん》が集まる大名小路でもこれだけの敷地を拝領する大名はいない。

会津藩の藩政改革の象徴ともいえる藩物産会所《かいしょ》は預かり屋敷内にあり、家臣の出入りの激しい一角だった。だが、物産会所勘定方《かんじょうかた》は、会所の奥まった処《ところ》にあって鑑札を持った勘定方か限られた重臣以外入ることは禁じられていた。まして、勘定方二人が内蔵の中で斬殺《ざんさつ》された騒ぎの直後だ。

ぴりぴりとした緊張が漂っていた。

そんな勘定方が差配する内蔵前に警護が付いた。

江戸藩邸の者は、

「すべて下手人《げしゅにん》」

と看做《みな》され、田中玄宰が国許《くにもと》の若松から同道してきたという若侍が警護方に特命されていた。

六尺（約百八十二センチ）を越えた長身ながらぬうぼうとした風采《ふうさい》と、常に口を半開きにした顔付きと、なにを聞かれても、

ぼうっ

とした表情でただ漫然と蔵の前に座している姿は直《す》ぐに勘定方で評判になった。

「いくら江戸藩邸で起こった事件とは申せ、藩邸に人材がおらぬわけでもあるまい。ご家老はなにを考えてあのような間抜け面を警護方に付けられたか」

「あの間抜け面が曲者《くせもの》、万が一のときはきびきびとした動きに変じられるのではないか」

「最前見た折、退屈になったか居眠りをしていたがのう、牛のように涎《よだれ》が長く尾を引いて眠りこけている様はとても大石内蔵助《おおいしくらのすけ》どのが吉良《きら》様を騙《だま》すために茶屋遊びにうつつを抜かしていた真似《まね》とも思えぬ」

「会津在方の下士《かし》の出と申すが、あの馬鹿面は天性のものだぞ」

「ご家老はそれも見抜けなんだか」

「田中玄宰様のこと、なにか策があるはずじゃがのう」

「策とはなにか、あの者がわれらを騙しておるとそなたは申すか」

「いやそうではない。あの警護方、青地十太夫《せいぢじゅうだゆう》と申す者に注意を引きつけておいて他の策を講じておられるのではないか」

「他の策とはなんだ」

「ご家老が考えられることだ。われら、凡人に推測が付くか」

と藩物産会所の手代《てだい》たちがこそこそと御用部屋で噂《うわさ》をしていた。

「それにしても勘定方の面々は生きた心地もしまい。内蔵の銭箱に近付ける身分でのうてよかったぞ」

「いかにも」

「それにしても預かり会所に出入りする家臣の中に小吉《こきち》どのと下久保《しもくぼ》を一太刀で斬《き》り殺す豪の者がいたか」

と一人が話題を転じさせた。

会津藩上屋敷本邸には藩主の容頌が逗留《とうりゅう》し、江戸の藩政の中核をなすだけに御近習《ごきんじゅ》衆、御番《ごばん》衆など容頌警護の腕自慢、猛者《もさ》連が多く常駐していた。

一方の預かり屋敷には、本邸を補佐する機関や藩物産会所などがあって御番衆が詰めることはない。

「それがしもあれこれと考えたが、預かり会所に勤番致す者には心当たりがない。第一、下久保は非番の折に本邸の道場に通って稽古《けいこ》を積み、なかなかの腕前と申すではないか。その下久保に柄《つか》に手をかけただけで抜くこともさせずに斬り倒した相手とはだれか」

「内蔵の中に二人が入るために鍵《かぎ》を開けたというではないか。一体何者が忍び込んでいたか、われら、藩物産会所の面々でも内蔵には上役方と同道の上でしか入れぬところだ。それを密《ひそ》かに勘定方の二人が入り込むのを待ち受けて、殺し、逃走した。尋常一様のことではないわ」

御用部屋に沈黙が支配した。

一人が重い口を開いた。

「これまで起こった三度の御用金盗難と此度《こたび》の事件は関わりがあるかどうか」

「なければおかしかろう」

「そなたは、これまで御用金千百九十両を盗んだ下手人が不意に内蔵に入ってきた二人を殺したと申すか」

「ううーん、そこだ」

「そこだとは、どういうことか」

「それがし、あれこれと考えた」

「だれもが考えておるわ」

疑問を呈した一人が頷《うなず》き、

「一連の御用金盗難騒ぎ、勘定方の手助けがなくてはやり果《おお》せぬと思わぬか」

一座がざわついた。

「そなた、小吉どのと下久保が協力者というか。小吉どのは知ってのとおりの謹厳実直なお方、下久保とて暮らしは慎《つつ》ましやかにして清廉《せいれん》と通っておる」

「第一、二人して目付《めつけ》に厳しい調べを受けて潔白が証明されたのだぞ」

「いかにもさようであったな」

「ということは此度のこと、二人はとばっちりを受けたというか」

また沈黙が御用部屋に緊張を強いた。

「それがしは、ご家老が国許より出てこられた日に二人が殺されたことに意味があると思う。どうだ、各々方《おのおのがた》」

「そのことを追及するのは止《や》めておけ。どなたかに知れるとわれらが首いくつ飛ぶやも知れぬ」

「いかにもさよう」

藩物産会所の御用部屋の雑談が不意に終わりを告げて、それぞれが帳付けに戻った。

その時、内蔵の前に置かれた床几《しょうぎ》に座した警護方青地十太夫はこくりこくりと眠りに落ちて体が段々と傾いていき、右横に
どすん
と音を立てて転がり落ち、慌てて床几に戻った。

その物音に気付いたのは蔵前の板の間と廊下を挟んで板戸一枚向こうに控える勘定方の三人だ。

「あの者、また床几から転がり落ちおったわ」

と勘定方手代の村上三左《むらかみさんざ》が苦々しく吐き出し、残りの二人の江連亨太郎《えづれきょうたろう》、笹村田一《ささむらたいち》が空《うつ》ろな視線を板戸の向こうにやった。

「手代、われら、どうなるのです」

「われら五人、千百九十両の紛失の責めを負わねばなりませぬのか」

「江連、もはや三人じゃぞ」

「笹村、われら三人が腹を斬っても大金は戻ってこぬ」

「死ぬのは嫌じゃ」

笹村が呟《つぶや》いた。武士にあるまじき言葉だが、仲間の二人はなにも答えない。

「分からぬ、すべてが分からぬ」

と手代の村上三左が吐き捨てたとき、内蔵の前から鼾《いびき》が聞こえてきた。

「気兼ねがいらぬ者は居眠りも出来れば鼾もかける。われら、明日、命が知れぬ身には羨《うらや》ましきかぎりじゃ」

村上の言葉だけが勘定方御用部屋に空《むな》しくも響いた。

この朝、金座裏《きんざうら》に中橋広小路《なかばしひろこうじ》の辻《つじ》に暖簾《のれん》を掲げる履物屋の老舗《しにせ》、その名も、「鼻緒屋《はなおや》」の主《あるじ》の六右衛門《ろくえもん》が二人の男女を伴い、訪れた。鼻緒屋は古町《こまち》町人ではないが、それに準ずるほど店も古く角地で商いをしていた。

しほの案内で宗五郎《そうごろう》の居間に通った三人には重苦しい表情があった。同席したのは金座裏の番頭格の八百亀《やおかめ》だけだ。

「えらく深刻な顔付きのようだが、どうかしなさったかえ」

宗五郎が努めて明るい口調で話しかけた。

「親分、どうもこうもないよ、うちの番頭さんが詐欺に引っかかった」

六右衛門は五十五、六歳か。番頭の津蔵《しんぞう》は四十過ぎの年恰好《としかっこう》で、もう一人は六十過ぎの女だった。

宗五郎は、番頭の津蔵の顔をうろ覚えに覚えていた。どちらかというと暗い印象の番頭だった。

「旦那、こちらのおかみさんはどなたですね」

と八百亀が尋ねた。

「高崎から江戸に出てこられた津蔵のおっ母さんのおきちさんですよ」

「三人の関わりが分かったところで詐欺話を聞かせてもらおうか」

と宗五郎が催促した。

「私からまず話します」

と前置きした六右衛門が、

「番頭の津蔵はうちに十四の時から奉公に上がりましてね、数年前から先代の約定もあって在所の高崎に戻り、うちの暖簾分けというかたちで店を出すことに決まっておりました。そこでうちではこれまで貯《た》めてきた給金八十七両を津蔵に返し、津蔵は為《かわ》替《せ》で高崎の実家に送金して手ごろな店を探しておりましたんで。そんな矢先に詐欺に嵌《はま》っちまったんです」

「津蔵さん、ようも三十年余り頑張られましたな」

宗五郎はまず番頭の気持ちを解《ほぐ》すために長年の労をねぎらった。

「はあ、今になってみれば、それもどうでもようございます」

宗五郎の言葉にも津蔵は魂が抜けたような声で答えただけだ。

「親分さん」

とおきちが身を乗り出した。

「今から十五、六日前のことですよ。早飛脚《はやびきゃく》で江戸の津蔵からの文《ふみ》が高崎に届きましたんで」

「ほう、どんな文でしたね、おっ母さん」

「思いもかけない事態が生じてお店《たな》の金子《きんす》に手を付けた。急いで補わないと手が後ろに廻《まわ》る目に遭《あ》う。なあに、この一月《ひとつき》乗り切れば戻ってくる金子だって、内容なんですよ」

「ほう」

津蔵が暗い目を上げた。

「手紙の最後に私の使いが手紙を持って高崎を訪ねるから暖簾分けのお店の費用八十五両を渡してくれとも書いてございました」

「おっ母さん、使いが来たんですね」

「最初の手紙が着いた翌日、津蔵の二通目の文を持参して姿を見せましたよ、実直そうな男で、その者も事情を承知のようで、なあに一月辛抱すれば返ってくる金子だっていうから、その言葉を信じて渡してしまったんですよ」

おきちが後悔の口ぶりで言った。

「親分さん、そんな手紙一通だって私はお袋に書いたこともございません」

「偽書《ぎしょ》と言いなさるか」

津蔵が頷き、六右衛門が、

「お店の金子を使い込むような真似は津蔵であれ、だれであれ、うちでは許しておりませんので」

宗五郎はおきちを見た。

「なぜ津蔵さんの手紙と信じなさったね」

「だって親分さん、津蔵の筆遣いにそっくりで、江戸のお店のことから高崎のことまで、こと細かく書いてあるんだもの、信じちまいますよ」

「名前は名乗りましたか」

「信太郎《しんたろう》といいましたかねえ」

とおきちが答え、

「親分、津蔵の筆跡は癖がございましてね、だれが真似してできるものではございません」

と六右衛門が御用で得意先に書いた文の書き損じを出し、おきちが高崎から持参した手紙を広げた。両方ともに右方上がりの、跳ねるような筆致だ。

宗五郎が仔細《しさい》に二つを見比べて、

「ふうっ」

　と息を吐いた。

「金座裏の、津蔵にとって三十余年の汗水の結晶にございます。これから自分のお店を持つ、主になるというときに許せる話ではございません」

「鼻緒屋六右衛門の旦那、いかにもさようです」

「金座裏の、八十五両をなんとしても取り戻してくれませんか。いや、半金でもいい、津蔵はおっ母さんが江戸に出てきてこの事を知って以来、腑《ふ》抜《ぬ》けのようになっちまって、死にたいと洩《も》らしております。人ひとりの命が懸かった話でございますよ、なんとか助けて下さいな」

　と六右衛門が手を合わせんばかりの様子で言い、親子も頭を下げた。

「おっ母さん、高崎に現れた男とこの二通の文が手がかりだ。男の風体《ふうてい》を教えてくれまいか」

「はい」

　と話し始めようとするおきちを制して、宗五郎はしほを呼んだ。

「近々うちの嫁になるしほでね、金座裏の絵師でもございますのさ」

　と鼻緒屋六右衛門に宗五郎が紹介するとしほが、

「鼻緒屋さんはよく存じております」

と言い出し、六右衛門も、

「松坂屋《まつざかや》におられた手代の政次《せいじ》さんと所帯を持たれるんですってね」

と応じた。頷き返したしほが手早く墨と筆を用意して、

「おっ母さん、その男の年恰好はいくつでした」

と慣れた様子で次々に話しかけながら、おきちが記憶した男の特徴を引き出し、画帳にその断片を素描していった。

四半刻《しはんとき》（三十分）後、画帳に三十三、四歳の頬《ほお》の殺《そ》げた、だが、お店者《たなもの》風の男の貌《かお》が形作られ、

「こんな感じかしら」

とおきちに見せた。

「おっ魂消《たまげ》たよ、この娘さん、あやつを見もしないで描いちまったよ。そうだ、こいつが津蔵の文を持ってきた男だ」

とおきちが大きく頷いた。

しほは画帳を六右衛門と津蔵に見せた。

「皆さんの周りにこのような男はおりませんか」

二人が首を横に振った。

「しほ、そう簡単な事件ではあるめえ、背後に黒幕がいそうな気がするぜ」

と答えた宗五郎が、

「ちょいと時間を貸して下せえ。なんとしてもこやつを暴《あば》き出してみせますから」

と三人を安心させ、

「この文、お預かりしてようございますね」

と六右衛門らに願った。

二

宗五郎は六右衛門らが金座裏を悄然《しょうぜん》と去った後、しばらく思案していたが、

「八百亀、どう思う」

と老練の手先に訊《き》いた。

「鼻緒屋の事情を承知したものが一枚嚙《か》んでますぜ。それと偽書を作る人間もいる」

「いかにもさようだろう。だが、八百亀、江戸から高崎城下に往復したお店者を鼻緒屋の旦那も番頭も知らないとなると、もう少し大掛かりのような気もする」

「親分は、この一件だけのために悪どもが面を揃《そろ》えた話ではねえと仰《おっしゃ》るので」

「考えてもみねえ。津蔵の三十年の汗の結晶の八十五両は大金だが、何人もの悪が集まってこの金子を騙し取って済む話かえ。似た話がどこぞで起こってねえか」

「あるかもしれませんね」

「八百亀、政次がいねえんだ。おれとおめえ、年寄り二人でなんぞ工夫してみるか」

「長火鉢にへばりつくほどの日和《ひより》でもねえ、出かけますか」

長い付き合いの二人だ。どこにいくとも言葉にせず、宗五郎が神棚から金流しの十手《じって》を下ろすと羽織《はおり》の下、左腰前に差し込んだ。

「姐《あね》さん、親分のお出かけだ」

と八百亀が台所に声をかけた。するとおみつとしほが姿を見せて、

「伝次《でんじ》が残っているよ」

と若い手先を連れていくかと聞いた。

「いや、八百亀と二人でいい。その代わり、しほ、野郎の似顔絵を持っていくが、いいか」

「親分、もう特徴は頭に叩《たた》き込みました。お帰りまでに色付けしたものを何枚か用意しておきます」

しほが答えて、頼もうと宗五郎が首肯《しゅこう》した。

玄関の広い土間で伝次が親分自ら番頭格の八百亀を連れて出ていくのを見送り、二人の背におみつが切り火を打った。

御堀端に出た二人の目に千代田城の石垣にぼおっと浮かぶ桜が飛び込んできた。

季節が季節だ。江戸じゅうが一気に明るくなったようで、いつもは見過ごす桜がこの節ばかりは、存在を誇らしげに訴えていた。

「御用なんぞ打っちゃっておきたい日和ですぜ」

「とはいえ、おきち、津蔵母子の気持ちを思うとな」

二人は一石橋《いちこく》を渡り、そのまま御堀端の道を南に少しばかり歩いた。

羽織を着た人間に出くわした。町人ばかりだ。

呉服《ごふく》橋を渡り、呉服橋御門前の広場を斜めに突っ切ると北町奉行所の門前に立った。

こちらにも公事《くじ》の付き添いの五人組か、固い表情の町人が大勢呼び出されるのを待っていた。いつもの光景だ。

「金座裏の、御用か」

と顔見知りの隠密廻《おんみつまわ》り同心《どうしん》がぱあっぱあっと着流しの裾《すそ》を蹴《け》りつけるように小者《こもの》を連れて奉行所から出てくるのに鉢合わせした。

「染谷《そめや》様、お久しぶりです」

「金座裏は祝言《しゅうげん》が間近で忙しかろう」

「そんなときに限って御用が飛び込んでくるものですね」

と老練な隠密廻り染谷伊作《いさく》に応じた宗五郎に、

「寺坂《てらさか》は町廻りに出ておるぞ」

と旦那の寺坂毅一郎《きいちろう》のことを気にした。

「いえね、本日は猫村《ねこむら》様にお目に掛かりたくて参上致しました。おられましょうかな」

「居眠り猫どのか。御文庫か、書物蔵か、湿気臭いところを探せば陰気な顔で書付とにらめっこをしていよう」

「ならば通ります」

染谷と別れた宗五郎は、昵懇《じっこん》の門番に挨拶《あいさつ》すると北町奉行所の敷地に入った。すると式台前に乗り物が待機して陸尺《ろくしゃく》、小者が顔を揃えていた。どうやら奉行小田切土佐守直年《おだぎりとさのかみなおとし》が御用で出かけるところのようだ。

玄関に緊張が走り、継裃《つぎがみしも》の小田切が姿を見せた。そして、式台前に立った奉行が腰を折る宗五郎を見付け、

「おおっ、宗五郎、久しく会わなんだのう。息災か」

「小田切様もご堅固のご様子、慶賀至極にございます」

「元気だけが取り得じゃあ。十代目の祝言、間近に迫ったが仕度は滞りなく進んでおるか」

「へえ」

「楽しみにしておる」

小田切も主賓の一人だ。

「恐れ入ります」

小田切が腰を屈《かが》めて乗り物の中に姿を消し、扉が閉められて陸尺が肩を入れた。

「お奉行、お立ち」

供の与力《よりき》同心小者を従え、奉行一行が門に向かうのを宗五郎と八百亀は腰を折って見送った。

「金座裏の親分、御用か」

奉行の見送りに出たらしい与力の牧野勝五郎《まきのかつごろう》が宗五郎に声をかけてきた。

「おや、牧野様、そちらにおられましたか」

「これも宮仕えの仕事の一つよ」

と笑った牧野に、

「手付同心猫村様の知恵を借りたくて参りました」

「居眠り猫か、最前まで御用部屋の縁側で顎《あご》の無精髭《ぶしょうひげ》を指で抜いておったがのう。ここに呼び出すよりそなたが上がれ。それがしが案内致そう」

「親分、わっしはこちらで待機しております」

と八百亀が言うのを牧野が聞き、

「亀次《かめじ》、北町を見物していくのも後学のためだ、親分にお供せえ」

「わっしも宜《よろ》しいので」

金座裏は一介の御用聞きではない。幕府開闢《かいびゃく》以来の町方《まちかた》、その上、家光以来金流しの十手が許された古町町人だ。

牧野と八百亀も長年の顔見知りだ。

牧野勝五郎が玄関番の若い同心に目で宗五郎と八百亀を奥に通す合図を送り、二人は内玄関から奉行所の廊下に上がった。

昼前の奉行所は騒ぎが出来《しゅつたい》しないかぎり、既存の事件の取り調べや吟味が行われて静謐《せいひつ》が保たれていた。

手付同心の御用部屋は膨大な裁きの記録や未解決の事件の書付が収められた書物蔵近くにあって、狭い庭に面していた。

その庭に一本の桜の木が植わり、満開の花を風に散らしていた。ためにいつもは暗い廊下も御用部屋も明るく見違えるようだった。

居眠り猫と異名を持つ猫村重平《じゅうべい》は、鋏《はさみ》を手に縁側で足の爪《つめ》を切っていた。

「猫、客じゃ」

上役の牧野の声に猫村が慌てて居住まいを正し、宗五郎の顔を見上げた。

「おおっ、金座裏の親分どのか」

「猫、そなたに親分が知恵を借りたいそうな」

と用事を果たした牧野が手付同心の御用部屋から去ろうとした。

「牧野様、ご多忙でございますか」

「奉行の見送りに出たくらいだ。半刻《はんとき》を争う用はない」

「牧野様にも聞いて頂きとうございます」

うーむ、と応じた牧野に御用部屋の若い同心が座布団を運んできて、牧野と宗五郎が猫村と向かい合うように座った。

八百亀一人が少し離れた廊下に緊張の様子で座した。滅多に奉行所の内部に入ることはない、それだけに老練な手先も身を固くしていた。

日が差し込む縁側に座したところで宗五郎が鼻緒屋から持ち込まれた事件を告げた。

「うーむ、どこかで聞いたような事件よのう」

「類似の騒ぎが起こっておりますか」

「いや、昨今の話ではないし、類似でもない。あれは五、六年も前の事件かのう、偽の沽券《こけん》状で質屋が傾いた」

「いえ、牧野様、八年も前、寛政五年の春先のことです。あの年は、七月に松平定信様が老中職を解かれておられます」

さすがに北町きっての記憶力の持ち主だ。頭の片隅から即座に引き出した。

「岩代町杉森新道《すぎのもりじんみち》の質屋田之倉《たのくら》が旧吉原地内高砂《たかさご》町の料理茶屋澤乃井《さわのい》の沽券を質草《しちぐさ》に三百七十両を貸した。客は澤乃井の主の十左衛門《じゅうざえもん》と名乗ったのだ、親分」

「沽券も偽で主も別人と申されますので」

「そのとおりだ」

「田之倉もあっさりと一見《いちげん》の客に大金を融通致しましたな」

「一見は一見だが、田之倉の番頭が前もって澤乃井に招かれ、座敷で接待を受けていたのだ。その折、主の十左衛門なる人物が座敷に姿を見せて、急に入用あっての金策、絶対に他人様《ひとさま》には知られたくないので宜しくと念を押しておる、そこで田之倉の番頭もその日は込み入った話はせずに澤乃井の土地と建物がなかなかのもの、四百両や五百両には捨て値で売れると踏んだようだ」

「ほう、なかなか手が込んでますな」

「数日後に質屋に乗り込んだ十左衛門が持参した沽券は、とても偽とは思えぬ作りだったので田之倉の番頭は主と相談した末に三百七十両を用立てた」

「で、なにが起こりました」

「約定の利息が入らぬので、番頭が澤乃井を訪ねて主にお目にかかりたいと申し出た。すると十左衛門とは似つかぬ年寄りと艶《つや》っぽい女将《おかみ》が応対に出てな、うちは質屋さんにはとんと縁がないがと言い出した。それが田之倉の悲劇の始まりであった」

「十左衛門も偽、沽券も偽書というわけですか」

「番頭は、先日、こちらの座敷に招かれて澤乃井の主様にもお目にかかった話、と食い下がったそうな。澤乃井の主にうちは質屋から沽券をかたに金策をするような商いはしていませんと一喝されて、騙されたことに気付いたってわけでございますよ」

「当然田之倉からの訴えでわれらが動いたが、澤乃井は偶々《たまたま》座敷を貸しただけで、三人組の客は御用の筋の接待、澤乃井の奉公人はだれ一人として近付けるなと命じられていたそうな」

と牧野が猫村の話を補足した。

「質屋の番頭の助蔵《すけぞう》は大川に入水《じゅすい》して果てたのであったな、猫」

「いかにもさようです、牧野様」

と答えた猫村が、

「これと同じような騒ぎが他に二つ続き、ぴたりとなりを潜めました」

「ということは下手人は一人として捕まっていないので」

牧野が悔しそうな顔で頷いた。

「田之倉は潰《つぶ》れましたか」

町の質屋にとって三百七十両は大金である。

「何人もいた奉公人を解雇して、主一家で杉森新道の裏店《うらだな》に引っ越して細々とした稼業を営んでおると聞いた」

と猫村がこちらも悔しげに答えていた。

宗五郎は持参した二通の文、一通は津蔵の偽文、もう一通は津蔵の本物の筆跡のものを猫村重平の前に広げた。

「ほう、これが奴の手ですか」

としげしげと見比べていた猫村重平の目が爛々《らんらん》と光り始め、

「金座裏の親分、しばしお待ち下され」

と二つの文を手に書物蔵へと向かった。

「牧野様、八年の歳月が流れております。騙しの手口が偽の文と沽券とだいぶ違っておりますし、なんとも言えません」

「金座裏、居眠り猫の目を見たか。普段起きておるのか眠っておるのか、判別に苦しむ双眸《そうぼう》じゃがな、ただ今、あやつの両眼《りょうめ》がぎらぎら光りおったぞ」

「八年の歳月を挟んだ騒ぎ、同じ下手人一味にございましょうかな」

「待てしばし」

と牧野が宗五郎を制した。

「こやつが高崎の津蔵の実家に現れた男にございますよ」

と、しほがおきちの記憶から引き出した言葉の断片から描写した男の似顔絵を牧野に見せた。

「自称信太郎な、年の頃、三十七、八かのう。確かにお店者のようだが、この油断のない目が気に入らぬな」

風が吹いて桜の花びらが宗五郎らの座す縁側へと舞い落ちてきた。

「おい、茶を持て」

牧野が手付同心に命じた。

その時、廊下に弾むような足音が響いて猫村重平が両腕に帳簿を抱えて戻ってきた。

「金座裏の、牧野様、偽書の手は同じ人物かもしれませんぞ」

「ほう、怪しげな点があったか」

猫村が綴《と》じられた未決の事件の探索記録のある箇所を指した。それは質商田之倉を窮地に追いやった沽券状で、猫村は沽券の日付の、

「年」

の字を指し示し、此度の津蔵が書いたとされる偽文の年と見比べるように宗五郎らに注意を喚起した。

「沽券の年と偽文の年の字、崩し方と筆跡が似ておると思われませぬか」

「確かに似ておるのう」

両眼を寄せて仔細に確かめていた牧野が呻《うめ》いた。

猫村はさらに別の事件で使われた偽書を広げて、やはり年の字を指した。

「横棒の撥《は》ね方、縦棒の力の入り具合、似ておるわ。どうだ、金座裏」

「まず間違いなかろうかと存じます」

猫村重平の視線がふとしほの描いたお店者にいった。

「こやつは何者でございますか」

「高崎に現れた使いの者だ。信太郎と名乗ったそうな、覚えがあるか」

「南町奉行所の公事ごとの代書《だいしょ》を引き受けていた書道家峰村草山《みねむらそうざん》という者がおりましたが、牧野様は覚えがございませんか」

と猫村は突然話題を変えたかに見えた。

「猫村様、峰村様は十数年も前に亡くなったと聞いておりますが」

「金座裏の親分、父親は確かに亡くなった。だが、峰村には女郎上《じょろう》がりのかみさんとの間に子が生まれ、たしか信之助《しんのすけ》という名にございました。こやつ、父親から書を叩《たた》き込まれ、幼くしてなかなかの能書家であったそうですが、親父は、信之助の書は邪《よこしま》な臭《にお》いがして穢《けが》れがあると、書道家に育てることも、また世過ぎ身過ぎの代書稼業も継がせなかったそうで」

「猫村様、信之助、奉行所の世話になったことがございますので」

「うちではないぞ。南町が賭博《とばく》常習の罪で寄場《よせば》送りにしたものの中に江戸無宿《むしゅく》信之助の名があったように思います」

火付《ひつけ》盗賊御改長谷川平蔵《はせがわへいぞう》の建議によって、老中松平定信が石川島と佃島《つくだじま》の間の砂洲《さす》を埋め立てて人足寄場《にんそくよせば》を作ったのは寛政二年のことだ。

無宿者や軽い罪を犯した者を人足寄場に送り、生業を授けて更生させるのが狙《ねら》いだ。

「信之助が寄場に送られたのはいつのことだ、猫」

「確かに五年も前のことだと記憶致します」

「調べますか」

「一味に再び暗躍を許すわけにはいかぬ、即刻調べよ」

猫村重平が再び書物蔵に戻っていった。


二人が訪ねたのは、庄司甚右衛門《しょうじじんえもん》が幕府に願って開いた旧吉原遊郭《ゆうかく》内の高砂町、料理茶屋の澤乃井だ。

八年前、偽の沽券で三百七十両を騙し取られた舞台、なかなかの佇《たたず》まいだ。石積みの溝が四周に掘りめぐらされ、その内側に土塁が壁代わりにあった。

苔生《こけむ》した杉皮葺《ぶ》きの切妻数奇屋門を潜《くぐ》るとゆるく蛇行した石畳が玄関まで続き、左右は苔庭で趣《おもむき》のある石が配されていた。

玄関前で八百亀が、

「ご免なさいよ」

と声をかけると、その声が奥へと消えていった。

「親分、旧吉原内にこんな料理茶屋があったんですね。大名家の留守居《るすい》役なんぞが集まりに使う茶屋だね」

　宗五郎も、

「江戸の町を歩き回ってきたつもりだが、寡聞にして知らなかったな」

　と呟いたとき、奥から足袋《たび》裏が廊下に擦れる音がした。

「いらっしゃいまし」

　女将か、婀娜《あだ》っぽい年増《としま》女が姿を見せて、八百亀の風体を眺め、玄関の外で庭を見回す宗五郎を目に留めて、

「もしや金座裏の親分さんではございませんか」

　と尋ね返した。

「女将さん、名乗るのが遅れて申し訳ねえ。いかにも金座裏で御用を務める宗五郎だ」

　宗五郎が敷居を跨《また》いだ。

　奥座敷には客が何組かいる様子で、その気配が伝わってきた。

「盛業でなによりだ、女将さん」

「いえ、貧乏暇なしの口ですよ」

　と軽く応じた女将が、

「この家の女将、おさわにございます」

と挨拶した。

「澤乃井はおさわさんの名からとんなさったか」

「いいえ、先代が屋号を付けたのが先で、私が生まれたときに澤乃井のさわをとって命名されたのでございますよ」

とおさわが澤乃井の歴史を得意げに語った。

「金座裏の親分、御用にございますか」

「八年も前の話だ、質屋の田之倉がこちらを舞台に偽の沽券で三百七十両騙しとられた事件のことだ」

「ございました。お気の毒にも田之倉さんは悪い奴に引っかかりなさりましたな。でも、親分、うちは一切関わりございませんよ」

「承知だ」

と答えた宗五郎は、

「女将さん、あの一味を見ましたな」

「はい。お客様として見えられた方ですからね、私が出迎えました」

「偽十左衛門は一人でございましたか」

「いえ、老練な番頭と三十くらいの男衆の二人を従えてましたよ」

「その中にこやつがいたかどうか、記憶にございませんかえ」

宗五郎がしほが描いた似顔絵を懐から出そうとした。

「親分さん、八年も前の客ですよ。覚えているかどうか」

「女将さんは客を見分けるのが商売だ。こやつがこの家の敷居を跨いだのならば必ずや覚えておられますよ」

と宗五郎がおさわの目の前に似顔絵を広げた。すると、

「まあ」

と、まず驚きの声を上げた。

「どうしなさった」

「この似顔絵を見た途端、八年の歳月が消えてしまいました」

「三人のうちの一人ですかえ」

「信太郎だか、信之助だかと呼ばれていた男衆にそっくりですよ、間違いございません」

とおさわが胸を張って請け合った。

三

杉森新道は杉森神社の南を走る通りで稲荷《いなり》新道とも呼ばれた。

杉森神社はもとを正せば杉森稲荷と呼ばれ、杉木立が茂った、参道などない小さな社《やしろ》だった。

元禄十六年(一七〇三)、遠州相良《さがら》藩主本多弾正少弼忠晴が堺《さかい》橋筋から参詣《さんけい》の道を開いて神社としての格式を整えた。

この界隈、堺《さかい》町葺屋《ふきや》町に芝居小屋があったことから二丁町《にちょうまち》と呼ばれるが、その関わりから大部屋の芝居者や宮芝居の役者が多く住んでいた。ために古川柳に、

「杉の森辺に住まいと稲荷町」

と役者の虚栄を詠《よ》み込まれる一帯だ。

金座裏の宗五郎と八百亀は杉木立が日陰を作る杉森神社にお参りして賽銭《さいせん》を投げ込み、杉森新道に出てきた。

ぞろりとした派手な着物《ぼろ》をまとった男たちが所在なげに路地から新道を覗《のぞ》いていた。

「兄さん、この界隈に田之倉って質屋はねえか」

八百亀が化粧やけした女形《おやま》役者に聞いた。

「あら、あれが質屋なら私たちだって市川團十郎か市川海老蔵《えびぞう》と呼ばれておかしくないわよね。しがない裏店暮らしの棒手振《ぼてふ》りを相手に朝の間、何百文の元手を貸して夕方には厳しく取り立てにくる金貸しよ」

「それもこれも何年も前に騙しにあったばかりに、表から引っ越してきたってな」

八百亀が話の矛先を向けた。

「あら、あんた方、何者なの。昔話をようも承知ね」

「芋十郎の兄さん、金座裏の親分さんよ」

と仲間の一人が八百亀の後ろに控える宗五郎のなりをみてそう言った。

「なんだ、金流しの親分さんか。それにしても七、八年前の騒ぎの探索にしてはお出張りが遅すぎるわよ」

と女形に話しかけられた宗五郎が、

「いかにも昔の話をほじくりにきたんだ」

「さすがに親分は貫禄がこちらの兄さんと違うわね。まあ、ほんものの團十郎と芋十郎の差はあるわね」

苦笑いした八百亀と芋十郎が期せずして、

「放《ほう》っておけ」

と舌打ちした。

「田之倉は金貸しに転業か」

「親分、質商の看板は下ろしてませんのさ。だけど、この界隈の住人たら、なにも質草になるようなものを持ってないもの。私たちだって宮芝居に呼ばれてもこのままのなりで駆け付けるんだもん。田之倉じゃあ、面倒な質草を預かるより棒手振りにその日の仕入れ代を貸して夕べに取り立てる金貸しのほうが楽ってわけ。むろん元手から利息は前もって、しょっ引いてあるわよ」

「というと田之倉の旦那が因業に見えるかもしれないけどさ、稲荷前の金貸しに助けられている棒手振りはたくさんいるわよ」

「おめえたちも時に借りるかえ」

「役者にはいい顔しないの。私たちの商い、客の入り次第で貰《もら》ったり貰わなかったりだもんね」

と芋十郎が応ずると仲間が大きく頷いた。

「さて田之倉の住まいはどこだえ」

と八百亀が聞いた。

「兄さん、この路地を突き当たると小さな稲荷社がありましてね、赤い社に向き合うように田之倉の親父がしけた面をして鎮座していますよ」

と教えてくれた。

「だから稲荷前の金貸しか」

そういうこと、と女形の芋十郎が答えた。

「役者衆、茶でも飲みねえな」

宗五郎が一分金《いちぶきん》をその芋十郎に渡した。

「親分さん、おありがとうございます。この界隈じゃあ茶どころか皆で一杯飲めますよ」

と芋十郎らがしなを作って礼を言った。

壊れかけたどぶ板を踏んで路地の奥に進むと、確かに敷地二坪ほどの境内に稲荷社があって、手造りの赤い鳥居が見えた。

宗五郎と八百亀は鳥居の前で頭を下げた。

そのとき、背に視線を感じて振り向くと、狭い玄関に小机を出して眼鏡《めがね》をかけた年寄りが頬杖《ほおづえ》を突いて二人を見ていた。

「田之倉の旦那ですかえ」

八百亀が問うた。

「いかにも昔は表店の質屋、田之倉の総右衛門《そうえもん》の旦那と呼ばれたこともございますよ。今じゃあ、稲荷の金貸しとしか呼ばれないけどね」

長屋の木戸ロの一軒に差配然として控えていた総右衛門が答え、宗五郎の顔を上目遣いに眺め上げ、

「金座裏の親分さんだね。八年前、おまえ様方に助けては貰えなかったが、今度は小金貸しをしているってんで取り締まりに見えられたか」

と皮肉っぽく言った。

「すまない、総右衛門さん。八年前、南町の月番《つきばん》中に起こった騒ぎをうちは知らなかったんだ」

「金座裏は北町と関わりが深いからね。その金座裏が今頃なんだえ」

宗五郎はその問いには答えず、しほが描いた信之助の似顔絵を総右衛門の小机の上に黙って置いた。

鼻までずり落ちた眼鏡を掛けなおした総右衛門が似顔絵に目を落とし、釘付けになった。だが、なんの反応もない。

「これ、だれだい」

「八年前、田之倉から料理茶屋澤乃井の沽券を担保に三百七十両を騙し取った三人組

の一人、代書屋の倅《せがれ》で峰村信之助だ。こやつ、若いが能書家でな、どんな文字も書きこなす」

「偽の沽券を拵《こしら》えた男と言われるんで、金座裏の」

宗五郎が頷いた。しばらく沈黙があって、

「遅かったよ、遅すぎましたよ」

と総右衛門が呟いた。

「いかにも八年は遅すぎた」

「三百七十両は取り戻せませんな」

「だか、番頭の仇は討てるぜ」

「ふうっ」

と総右衛門の口から溜息《ためいき》が洩れた。

「番頭さんが三百七十両の損を店にかけた代わりに入水して自らの命で払いなさった。だがね、親分、番頭ばかりに責めを負わせるのは酷でしたよ。あんとき、うちはじり貧の商いをなんとか取り戻そうと、いつもは手を出さない沽券で大金を貸す一件に手を染めたんです。この大商いを私は番頭さんに任せきりにした。料理茶屋澤乃井に縁はございませんが、あれほどの繁盛店だ。間違いはあるまいと高を括《くく》った私にも油断があったんですよ」

総右衛門は表から路地裏に引っ越して以来、そのことを何百回と考えていたか、すらすらと告白した。

「七人いた奉公人も表店も、何軒かあった家作《かさく》も手放した」

「残ったのはこの長屋だけですかえ」

と八百亀が聞いた。

「お店が潰れるってのはそんな生易《なまやさ》しいもんじゃありませんよ。すべてすっからかんになり、娘のおきみが内藤新宿の飯盛《めしも》り宿に身を沈めて小商いの元手を作ってくれた。それがこの稲荷の金貸しですよ」

「なんともすまねえ」

と宗五郎が詫《わ》びた。

「金座裏に今更詫びられても致し方ないがね」

「番頭さんが亡くなられたとなると、偽の沽券で大金を騙し取った一味を見た者はだれ一人いませんかえ」

「手代の紋造《もんぞう》が番頭さんに従って三百七十両を持参致しましたから、会ったかもしれません」

「紋造さんはどうしてなさる」

「うちの店が潰れたとき、紋造は越後の在所に戻りましたよ」

宗五郎は総右衛門の手から似顔絵を引き取った。

「親分、なぜ今頃八年前の騒ぎをほじくり返しなさる」

「総右衛門さん、またぞろ一味が悪さを始めた形跡があるんだ」

「どこぞのお店に偽の沽券が持ち込まれたか」

「そうじゃねえ」

宗五郎は差し障《さわ》りのない程度に此度の騒ぎを総右衛門に話して聞かせた。

「なんと三十年も勤めた番頭さんの金子を偽の文で騙し取ったか」

総右衛門が眼鏡の奥の目玉をぐるぐると回してなにか思案の様子を見せた。

「親分、うちとは手口が違いますよ」

「その辺に一抹の不安がなかったわけじゃない」

宗五郎は正直に答えた。

「総右衛門さん、だがな、この似顔絵を見た澤乃井の女将さんが三人の内の一人をこやつ、峰村信之助と認めましたよ」

ほう、と大きく頷いた総右衛門が、

「親分さん、私はね、一味だと思いましたよ。いえ、なんという証拠があってのことじゃない、勘さ。なんとなく臭《にお》うんですよ」

総右衛門の言い分に宗五郎も八百亀も同感だった。だからこそ二人が八年前の事件を辿《たど》っているのだ。なにより澤乃井の女将がしほが描いた信之助を、一味の一人として覚えていてくれたことは大きかった。

「田之倉の旦那、なんぞ思い出したことがあれば金座裏に使いを立ててくれまいか。直《す》ぐにすっ飛んでくるからよ」

八百亀の言葉を最後に稲荷前の金貸しを辞去した。

「親分、あと一歩だね。八年前の澤乃井の女将さんの記憶を確かなものにしたいね」

「折角《せっかく》年寄り二人が乗り出したんだ、石川島の人足寄場に渡ってみないか」

「信之助が寄場でどう過ごしていたか調べにいこうっていう算段ですかえ」

「当たり外れは承知のことだ」

二人が浜町河岸《はまちょうがし》に出ると小伝馬《こでんま》町の方角から高砂橋下に猪牙舟《ちょきぶね》が下ってきた。

「おい、船頭さん、空舟かえ」

八百亀が声を張り上げた。

猪牙舟の胴の間に茣蓙《ござ》が敷き詰められて、桜の花びらが散っていた。

花見客でも乗せた舟か。

「どちらまでだえ」

若い船頭が聞いた。

「石川島の人足寄場だ」

船頭がぎょっとした顔で河岸を見上げ、

「なんだ、金座裏の親分と手先さんかえ」

と宗五郎の顔を承知か、猪牙を高砂橋下に寄せてきた。

「すまねえ、無粋な行き先で」

「御用とあらば花見だろうが、人足寄場だろうがお供致しますぜ」

と請け合った。

宗五郎と八百亀は水上から入堀を下り、川口橋で大川に出た。すると流れに花びらが浮かんで、淀《よど》みでは花筏《はないかだ》を作っていた。

「親分、御用があれば盆も正月もないわっしらだが、今年の春は格別気忙《きぜわ》しいね」

「あと四日か」

宗五郎は八百亀の言葉に政次としほの祝言までの日を数えて口にした。

「なんにしてもめでたいや」

「おれの代で金流しの十手をお上に返上することだけは避けられた。これであの世とやらで八代目や爺《じい》様に会うても言い訳が立つ」

と宗五郎が正直な気持ちを老練な手先に吐露した。

「ああ、おれも安心したぜ」

永代橋を潜ると越中島と霊岸島の間に石川島が浮かび上がってきた。

三代将軍家光の代に船手頭石川八左衛門が島を拝領したことから石川島、俗に、

「八左衛門殿島」

とも称された。

三角州の島が脚光を浴びるのは火付盗賊御改の長谷川平蔵が人足寄場を設けて、江戸に流入した無宿人を強制的に収容して就業の道を授ける場所にした寛政年間のことだ。

その用地は石川氏の屋敷裏の葦原《あしはら》一万六千余坪で、諸費用は最初米五千俵、金五百両が、翌年からは一年間に三千俵に三百両が勘定方から支給された。

寄場の作業内容は比較的自由で、手に職を得た者は随時寄場を出された。

猪牙は江戸湾に差し掛かり、波に煽《あお》られた。

「親分、どこに着けるね」

「寄場奉行の行方様《なめかた》の船着場に着けてくれぬか」

「寄場奉行ってのがいるのかえ」

「旗本から行方家が指名されて二百俵を頂戴《ちょうだい》していらあ。御用地の端を左に曲がってくんな。橋が見えたら船着場に寄せてくれ」

と八百亀が命じて、船頭が、

「あらよ」

と猪牙の舳先《へさき》を曲げると人足寄場の最初の水路に入っていった。

初代寄場奉行行方源兵衛《げんべえ》は金座裏の宗五郎の面会の申し入れに緊張の面持ちで奉行屋敷の玄関先に姿を見せた。

「金座裏、凶悪な咎人《とがにん》が石川島に紛れ込んでおるのか」

中年の行方の顔にはありありと、

「厄介な騒ぎはご免蒙《こうむ》りたい」

と書いてある。

「行方様、そうではございませんので。もはや島を離れた男のことをお尋ねに参ったのでございますよ」

「なに、もはや人足寄場から出た人物の探索か。今、物書役を呼ぶ。寄場を出た無宿人の人別《にんべつ》帳を持参させよう」

と行方がてきぱきと手配してくれた。しばらくすると初老の物書役が分厚い帳簿を持参して、

「お奉行、お呼びにございますか」

「おお、篠田《しのだ》、金座裏から金流しの宗五郎親分が直々《じきじき》に島を訪ねて参った。なんなりと答えよ」

武家方行方家は二百俵取りの直参《じきさん》旗本だが、宗五郎は町人身分だ。身分制の厳しい江戸時代、歴然とした差異があった。だが、金座裏は古町町人にして三代将軍家光お許しの金流しの十手の家系だ。幕府上層部、各大名家とも付き合いが深い。武家町人の身分の差を越えて、

「家格と貫禄」

が違った。

「親分どの、島から出た無宿人のことをお調べか」

篠田が宗五郎に問うた。

「へえ、五年前、こちらに送られてきた人間にございましてな、いつ島を出たのか分

かりませんので」

「無宿人ですな」

「江戸無宿峰村信之助、あるいはただ信之助と呼ばれる者にござる。年はおよそ三十七、八」

奉行の行方と篠田がともに驚きの表情を見せた。

「いえ、三十五歳です」

と篠田がはっきりと答え、行方が、

「峰村信之助がなにか間違いを起こしましたか」

「お奉行方も承知でしたか」

「その者、なぜ人足寄場に送られてきたか未《いま》だわれら理解が付かぬ。なにしろ筆を持たせたらなかなかの腕前でな。寄場に入って直ぐに能書家ということが知れたゆえ、篠田の下で帳簿付けなどをやらせ、また無筆の無宿人に読み書きを教える仕事にこの五年余り就いておった」

「と申されますと寄場人足ではございませんので」

「親分、寄場の目的は手に職を付けさせて世の中に戻すことだ。だが、信之助は読み書きができるどころか、寺子屋の師匠になれる知識を持っておった。それでな、うちで重宝しておるうちにいつのまにか五年の歳月が過ぎ去り、信之助の希望で今から一月ほど前に島を出たところだ」

「金座裏の親分、あれほどの能書家、なかなかおりませんぞ。うちでは後釜《あとがま》に今も苦労しております」

と物書役の篠田も行方奉行に同調した。

「信之助、金座裏に目を付けられるようなことをしでかしたので」

「あの者、こちらでさらに腕を上げたのかもしれませんな」

宗五郎は差し障りがないところで峰村信之助にかけられた嫌疑を告げた。

「なんと偽の沽券や文で金子を騙し取ることを仕出かしましたか」

篠田がしばらく沈黙していたが、

「お奉行、親分、それがし、あれほどの腕がある信之助がなぜ名ばかりの給金で我慢して島におるのかといつも考えておりました。あやつ、この五年、理由があってこの場所に隠れ潜んでいたのではございませんか」

「ほう、そんな感じがございましたか」

「いえ、なんとなくそう思ったのです」

今度は宗五郎が考える番だった。

「篠田様、一月前、島を出る切っ掛けはなにかございましたので」

「外から文が届いたのです」

「人足寄場に文ですか」

「むろん無宿人なればそのような自由は許しませぬ。ですが、信之助は峰村先生と無宿人から呼ばれ、われら同然の扱いでしたからな」

「文はしばしば参りましたか」

「いえ、二通だけです。最初の文が届いた日に信之助は、島を出ると言い出し、翌日離島したのです」

「二通手紙が届いたと申されましたな」

「親分、信之助が島を出た翌々日二通目が。一通目の人物が書いたものと思えます。筆跡が一緒でしたから」

「差出人の名は」

「ございませんでした。ですが、二通目の文、峰村信之助が取りにきてもいいように、それがしが保管してございます」

八百亀が宗五郎の顔を見た。

四

会津藩松平家の預かり屋敷内の藩物産会所の内蔵前に国家老田中玄宰の直接の命で、「青地十太夫」

が警備について二晩が過ぎた。

物産会所の手代らは、

「あの者の居眠りがいよいよ激しゅうなったが、大丈夫か」

「三度三度の飯だけは存分に食し、その後、蔵の中に入っては木刀を振るって腹ごなしをしているぞ。田中様の懐《ふところがたな》刀と噂が飛んでおるが、とんだ独活《うど》の大木じゃ」

「いや、あの面《つら》で夜分は蔵の中であれこれと帳簿を調べておるそうな。外面に惑わされてはならぬ」

「ともかくじゃ、小吉どのと下久保が殺されて日にちが経過しておる。それをあのような抜け作になにを調べさせるというのか」

と、こそこそと噂し合った。

そんな最中、江戸神田須田町《かんだすだ》の紅花問屋出羽屋《でわや》から藩物産会所に五百両の入金があった。

大名小路を挟んで上屋敷に滞在する国家老田中の命で、五百両はこれまでどおりに会所の内蔵の銭箱に保管されることになった。

勘定方手代村上三左は、江連享太郎と笹村田一を見て、

「ふうっ」

と重い息を吐《つ》いた。

「手代、この五百両が紛失した暁《あかつき》には、われら三人の命運も定まったも同然にございましょうな」

笹村が暗い顔で呟いた。

「いや、今度は田中様が直々に配された独活の大木が警護しておる」

「あの者が頼りになると手代は申されるので」

「頼りになるかどうかは知らぬ。じゃが、あやつが警護して金子が紛失したとすれば、もはやわれらの責任ではあるまい」

村上三左が入金を帳簿に記載し、江連と笹村が切餅《きりもち》二十の封印を確かめた上にお盆に載せて三人で内蔵へと運んでいった。するとと蔵前で青地十太夫がこっくりこっくりと居眠りしていた。

「青地どの、扉を開けて下され」

村上の言葉に慌てた青地が無精髭の顔を上げた。口の端から涎が伸びて、髭にもこびり付いていた。

「これはうっかりと致した」

国家老の命で内蔵の鍵《かぎ》は勘定方から青地に預けられ、扉の開閉はこの者が行っていた。

腰の鍵束から蔵の鍵を抜き出した青地が、

「いや、これではないぞ」

と別の鍵に変えた。その体から、
ぷーん
と汗の臭いがした。

「お手前、だいぶ臭《くそ》うござるな」

手代の村上が思わず呟いた。

「なにがでござるか」

「汗が臭い申す」

「おお、これは失礼をば致した。会津からの道中もあまり湯を使わなかったからのう」

と若い声が平然と答え、

「よし、この鍵じゃな」

と扉を大きく引き開けた。

三人が恭しく内蔵に入り、蔵の奥に置かれた銭箱の前に座した。青地も三人に続いて蔵に入った。

銭箱は欅《けやき》の厚板で拵えられ、金具は鍛鉄製で箱の端や角も鍛鉄で補強されていた。なにより銭箱自体が重くて力自慢の家臣が二人がかりでようやく動かせようかという代物だ。それが床板に固定されているのだ。

手代の村上が持参の銭箱の鍵を開いて切餅二十個を一つひとつ数えながら丁寧に納めた。

「青地どの、五百金にござる」

「それがし、初めて五百両を見ました。さすがに江戸屋敷ですな」

「暢気《のんき》なことを申しておる場合ではござらぬぞ。この金子が紛失致さば、われら、勘定方三人とそなたは同罪にござろう」

村上三左に脅された青地十太夫が、

「これほどしっかりとした銭箱から小判が消えるなど信じられませぬな」

と長閑《のどか》にも言った。

「青地どの、都合三度にわたり藩物産会所の売り上げが消えたのは確かな事実にござる。家臣の中には、勘定方五人が共謀して銭箱に入れなかったなどと不埒《ふらち》な言辞を弄《ろう》しておられる方もおられるそうな。断じてそのようなことはない」

笹村がきっぱりと言い切った。

「また、われらが仲間の小吉どのと下久保がこの蔵の中で殺害されたのも事実である」

と江連が憤った体で言った。

「お三方、小吉、下久保の両人は国家老田中様が江戸に到着していた折、蔵の中でなにをなさっておられたのです」

「上屋敷におられる高村采女《たかむらうねめ》様の命で、これまで会所が売り上げた紅花、漆、蠟などの帳簿を個別に精査して、保管しておる在庫数を突き合わしていたのでござる」

「高村采女様とはどなたにございますな」

「そなた、会津者ゆえ分からぬか。江戸家老、小原権左衛門《おはらごんざえもん》様の懐刀のご用人様よ。この方、かみそり采女と呼ばれて、なかなかの切れ者じゃ」

「その上、剣は尾張柳生《おわりやぎゅう》の免許皆伝の腕前」

「噂だが林崎夢想《はやしざきむそう》流の居合の達人と聞いた」

と笹村と江連が青地の問いに代わる代わる答えた。

「帳簿を改め、在庫の品と突き合わせることはしばしば行われるのですか」

首が痒《かゆ》いのか、ぼりぼり青地は掻《か》き、村上が眉《まゆ》を顰《ひそ》めた。

「帳簿と在庫の品の突き合わせは年の瀬、盆前の二回に定まっておる。此度は国家老様の出府の折ゆえ念を入れるということであった」

銭箱の重い蓋《ふた》が四人の前でぴたりと閉じられ、鍵が掛けられた。

「五百両は収まった」

「これで紛失致さば手妻《てづま》使いの仕業じゃぞ」

と手代の村上三左が呟いた。

「それがし、今宵《こよい》より内蔵の中、銭箱の前で五百両のお守りを致します」

無縁《むえん》坂は、湯島《ゆしま》と池之端《いけのはた》の間、不忍池《しのばずいけ》の道に下る坂で別名武辺《ぶへん》坂とも呼ばれる。この坂下にあった称仰院《しょうこういん》が古くは無縁寺と呼ばれていたのが由来といわれる。

武家屋敷の高い塀が南側を遮る坂下に、元禄年間に創業した菓子舗井上大丞《いのうえだいじょう》があった。練り菓子が有名で、一つひとつの仕事が丁寧で美しい上に美味と評判だが、値も張った。

この五代目になる蓑之助《みのすけ》はこの界隈で評判の痴《し》れ者であった。菓子舗の後継ぎより二本差しの武士になりたくてしようがないのだ。

父親壮太郎《そうたろう》が何度か心得違いを説いたり叱《しか》ったりしたが、その気持ちが薄れることはない。一方、次男坊金次郎《きんじろう》は職人肌の働き者で、この金次郎に五代目を継がせると親戚《しんせき》一同で話が決まった。

そんな折、御家人株《ごけにんかぶ》を買わないかという話が蓑之助の下に舞い込んだ。下谷中御徒町《したやなかおかちまち》の御家人宮川与之輔《みやがわよのすけ》、石高は百五十石だ。

蓑之助は、

「名前が気に入った」

と即刻父親に話し、親馬鹿の父親が、

「御家人になれば蓑の念願が叶《かな》うというのであればそうするか」

と御家人株譲渡の値を問い合わせた。すると御家人ながら三河《みかわ》以来の徳川の臣ゆえ、

「五百両」

という答えであった。

話が纏《まと》まり、蓑之助は仲介人の赤岩月旦《あかいわげったん》という人物と下谷中御徒町に宮川家の門構

えを見にいった。話が正式に決まるまでは近所の手前もあるゆえ、屋敷には招じ上げぬという約束であった。

それでも赤岩は門前にいた宮川家の小太りの中間《ちゅうげん》に腰を折って挨拶し、相手もまた会釈を返した。蓑之助はそれを見て、

「これは確かな話」

と確信し、長屋門《ながやもん》から手入れの行き届いた屋敷や庭を覗き、頷いた。

御家人株の受け渡しは下谷《したや》茅《かや》町二丁目、不忍池の西岸にある料理茶屋池之端で行われることになった。

同席する者は宮川家当主の宮川与之輔、菓子舗井上大丞から父親の壮太郎、蓑之助親子、仲介者の赤岩月旦と連れの五人であった。

金座裏の宗五郎と八百亀の二人は、池之端の門が見通せる木陰から三組が次々に入っていくのを見ていた。

最初が仲介者の赤岩月旦と連れの二人だ。

「親分、連れが信之助のようだね」

江戸無宿、能筆家の峰村信之助の風貌《ふうぼう》は、遠目にも高崎のおきちの記憶を頼りにしほが似顔絵にした風貌にそっくりだった。

宗五郎はもう少し刺々《とげとげ》しい感じの信之助を想像していたが、意外とふっくらとした風采でお店者風、番頭と言われればそれで十分通じる容姿をしていた。

赤岩月旦は俳句の宗匠《そうしょう》風のなりだ。

石川島の人足寄場に残された手紙には、無縁坂下の菓子舗井上大丞の嫡男蓑之助を下谷中御徒町の御家人小普請《こぶしん》百五十石ながら御目見宮川与之輔と養子縁組の後、与之輔が隠居願いを小普請組頭に提出し、養子に入った蓑之助が与之輔を継ぐについて、どのような文書がいるか下調べしてほしいとの内容が金釘《かなくぎ》流の酷《ひど》い文章で書かれてあった。むろん、第三者の目に触れた場合を想定してその意図が分からない工夫がなされていたが、長年探索に携わってきた宗五郎と八百亀はあっさりと読解した。

文の差出し人は赤岩松五郎《まつごろう》とあった。

北町奉行所の猫村重平が十五年も前に詐欺を働いてお縄になった赤岩のことを記憶していた。

播州《ばんしゅう》浪人赤岩松五郎は八年前、料理茶屋澤乃井の偽の沽券で質商田之倉から三百七十両を騙し取ったのを始め、数件の詐欺を働いて千二百九十両を荒稼ぎして、ぱたりと行方をたった一味の頭分だった。

「赤岩松五郎め、上方でこの数年をのんびりと暮らしながら、ほとぼりが冷めるのを待っていたようですな」

「金子が尽きたか、また昔仲間の峰村信之助につなぎをつけて動き出した。だが、念には念を入れた手紙が仇《あだ》となったぜ」

宗五郎が囁《ささや》いたとき、御家人宮川与之輔が料理茶屋に駕籠《かご》で乗り付けた。

継裃姿もぴたりと様になった三人目の悪は、宮芝居やどさ廻りの役者の市川鯉升《いちかわりしょう》で本名鯉三郎《りさぶろう》、役者であり恰幅《かっぷく》もいいので継裃がよく似合った。これも南町に残された記録から割り出された人物だ。

他日、宮川家の中間に扮《ふん》したのも鯉三郎と思われた。

「これで悪三人の揃い踏みだ」

と八百亀が腕を撫《ぶ》した。

「芝居の幕が開くには役者が一枚足りないぜ」

宗五郎が言ったとき、駕籠が勢いよく料理茶屋の門前に走り込んできた。

前の駕籠から下りたのは、すでにその気の蓑之助で小袖《こそで》に袴《はかま》、紋付羽織《もんつきはおり》にどこで購《あがな》ったか、朱塗りの大小拵えの脇差《わきざし》を帯に差し、手に大刀《だいとう》を携えていた。

「お父つぁん、早く早く。もう皆さん、お待ちですよ」

と二挺目の駕籠の中に声をかけた。

無縁坂下で老舗の菓子舗を営む四代目の壮太郎が風呂敷《ふろしき》包みにきっちりと包んだ五百両を両腕に抱えて駕籠から下り立った。

「蓑之助、商いの真打《しんうち》は黄金色の小判ですよ。金を待つ人には十分待たせても宜しい」

と悠然と辺りを見回した。

「蓑之助、おまえは未だ本物の武家ではございません」

「お父つぁん、帰りには御目見格の御家人宮川与之輔ですよ」

「それを買うのはこの山吹色の五百金」

「お父つぁん、宮川家は蔵前《くらまえ》の札差《ふださし》から前借はしてないそうな。百五十石の実入りで十年もすれば五百両など取り返せますすよ」

「そううまくいくとよいが」

「いきますとも、お父つぁん」

「蓑之助、そのお父つぁんも呼び納めですよ」

「これからは父上と呼ばせて頂きます」

蓑之助が気取ってみせた。

「わが倅《せがれ》、宮川与之輔どの、参りましょうか」

と二人が料理茶屋に姿を消した。

「倅も馬鹿なら親も馬鹿者だぜ」

「井上大丞の練りきりの味が落ちたって評判だが、主があれじゃあ奉公人や職人が手を抜くのも分かるぜ、親分」

五人が料理茶屋に姿を消して四半刻が過ぎた。

「そろそろ真打が登場してくれねえと芝居の幕が上がらないぜ」

と八百亀が心配そうな顔をしたとき、寺坂毅一郎が先導して麻裃《あさがみしも》、熨斗目《のしめ》、白帷子《しろかたびら》も清々しい壮年の武士が槍持《やりも》ち、中間を従えてこちらにやってきた。

「寺坂様、ご苦労に存じます」

と宗五郎が北町奉行所定廻《じようまわ》り同心の寺坂毅一郎に挨拶した。

「こちら様に事情を説明するのにいささか時間を要した」

と寺坂が言うと料理茶屋を見た。

「悪ども、がん首揃えてますぜ」

八百亀が旦那の寺坂に言った。

「金座裏の宗五郎親分どのじゃな、此度は厳《いか》い世話になった」

と武士が言い、

「危うくお名前に傷が付くところでした」

「世に盗人のタネは尽きまじと申すが、驚いたわ」

「驚くのはあっちの連中でございますよ」

と応じた宗五郎が寺坂に、

「大掃除に参りましょうか」

と言い、八百亀が先導して宗五郎が続き、その後を寺坂一行が従った。

「ご免よ」

と八百亀が訪《おとな》うと玄関番の男衆が何事かという目で宗五郎らを見た。

「男衆、井上大丞様ご一行様の座敷はどこだえ」

「おまえさん方は」

宗五郎が羽織を捲《まく》って金流しの十手をちらりと見せて、

「御用だ」

「はっ、はい。二階の広間にございます」

「いや、いい」

八百亀、宗五郎を先頭に階段を足音忍ばせて上がると、

「これにて目出度《めでた》くも井上大丞の蓑之助様の宮川家養子縁組相成《あいな》り隠居なされた与之

輔様に代わって新たな宮川与之輔様の誕生にございます。ご隠居より小普請組頭　最上《さいじょう》寺吉兵衛《じきちべえ》様よりの養子縁組及び跡継ぎ許し状を井上大丞の壮太郎様に、また壮太郎様よりご隠居に五百両をご交換願います」

と座敷から渋い声がした。

「これにて、それがしも正真正銘の直参旗本宮川与之輔にござるな」

と軽々しい声がした。

八百亀がすうっと襖《ふすま》を開いて控えの間に入り、続いて入った宗五郎が座敷で繰り広げられる茶番劇を睨み回した。

「何者じゃ」

と継裃の偽宮川与之輔が誰何《すいか》し、

「ほざくな、どさ廻り役者市川鯉升。金座裏に幕府開闢《かいびゃく》以来、一家を構えてきた金流しの親分九代目宗五郎直々のお出ましだ」

と八百亀が一喝した。

「金座裏ですって、世の中には御家人株を譲ったり譲られたりすることはままございますよ。当人同士が気持ちよくの譲渡の場、金座裏の親分でもちょいと無理が過ぎませんか」

と無縁坂下の菓子舗の四代目が顔を真っ赤にして言った。

「お父つぁんの言うとおりだよ。うちのお足《あし》で御家人株を買ってなにが悪い」

「蓑之助、五百両で小普請組宮川家百五十石を買ったって」

「いけませんか、親分」

「おめえに武家諸法度《ぶけしょはっと》の条文を説いても無駄のようだな。ならば五百両、騙されやがれ」

と宗五郎が言い、壮太郎が、

「親分、なにを言ってんだか分かりませんよ」

と喚《わめ》いた。

宗五郎が、

「宮川様、お出番にございます」

と後ろを振り向くと、

「御家人ながら御目見宮川家、いかに貧乏しようと断じて先祖以来の家系を他人に売り渡すことなどない」

と宮川与之輔が本物の武士の貫禄で大喝した。

「このお方はどなたで」

「まだ分からねえか、壮太郎の旦那。こちらが本物の下谷中御徒町小普請組宮川家十一代目与之輔様だよ」

「とすると、こちらは」

赤岩月旦こと播州浪人赤岩松五郎、どさ廻り役者の鯉三郎の二人は、顔面蒼白《そうはく》に変わっていた。今ひとり、爛々と輝く目で逃げ場を探す峰村信之助を宗五郎が、

「年貢の納め時だぜ、偽書屋峰村信之助」

と宣告した。

能書家の腕で偽の沽券や偽文を作り続けてきた信之助が、宗五郎がいる控えの間とは反対の襖を蹴り破り、廊下に逃れようとした。

だが、そこには北町奉行所定廻り同心にして赤坂田町《たまち》神谷《かみや》丈右衛門《じょうえもん》道場の門弟、寺坂毅一郎が十手を構えて待機していた。

「畜生」

信之助が懐の匕首《あいくち》に片手を伸ばそうとするのを寺坂が飛び込みざまに、額に十手を打ち付けてその場に倒した。

それを見た赤岩松五郎と鯉三郎が観念したか、両眼を瞑《つぶ》った。

「八百亀、縄をかけねえ」

「合点だ」

八百亀が手際よく三人に捕縄《とりなわ》をかけた。

「宮川様、ご出馬ありがとうございました」

「なんのことがあろうか。金流しの親分の啖呵《たんか》を聞いただけでも出張った甲斐《かい》があったというもの」

と宮川与之輔がからからと笑った。

「金座裏の、助かりました。私どもはこれで」

と井上大丞の壮太郎と蓑之助親子が五百両を風呂敷に慌てて包んでこそこそと座敷から逃げ出そうとした。

「待ちねえ。おまえさん親子にはこの宗五郎、たっぷりと用事がある」

宗五郎の険しい目が親子をひと睨みすると親子の動きが止まり、体が固まった。

第五話　蔵の中勝負

一

中橋広小路《なかばしひろこうじ》の履物屋の番頭津蔵《しんぞう》とおきちを金座裏《きんざうら》に呼んだのは、池之端《いけのはた》の捕り物があった翌朝のことだ。すると鼻緒屋《はなおや》の主《あるじ》の六右衛門《ろくえもん》も同道してきて、

「金座裏の、野郎どもを引っ括《くく》ったのだろうね」

と鼻息も荒く金座裏の居間に入ってきた。

「六右衛門さん、まあ、落ち着きなされ」

と宗五郎《そうごろう》が長火鉢の前を差した。その後ろから津蔵とおきちの親子が姿を見せたが、
津蔵の頭を見た八百亀《やおかめ》が、

「番頭さん、その頭は」

と驚きの声を上げたほど、髷《まげ》が白髪《しらが》で真っ白になっていた。

三十年余りの汗の代償の八十五両を騙《だま》しとられた衝撃に頭が白く変わったと見える。

その上、頬《ほお》もげっそりとこけていた。

三人は八百亀が持ち出した座布団になんとか座った。

「親分、お縄にしたんだね」

「鼻緒屋の旦那、捕まえました」

「さすがに金座裏の親分だ、やることが早い」

と感激の声を上げた六右衛門が、

「喜べ、番頭さん」

と津蔵に話しかけた。だが、津蔵は放心した体で、

「金子《きんす》は、八十五両は取り戻せましたか」

と呟《つぶや》くように聞いた。

「津蔵さん、三人組は高崎のおっ母さんから騙しとった金子に手を付けていましたよ」

わああっ
とそれを聞いたおきちが泣き出し、

「津蔵、すまない。私が騙されたばかりに」

と畳に額を打ち付けて身を捩《よじ》らせた。

「おっ母さん、親分の話の最中だぜ、最後まで聞きなせえ」

と八百亀が窘《たしな》め、六右衛門が、

「これ以上なんぞございますので」

と不貞腐《ふてくさ》れたように言い出した。

宗五郎が立ち上がり、神棚から袱紗《ふくさ》を取り上げた。

金座裏の神棚の前はあちらこちらから届けられた祝いの品が飾られ、それは隣座敷にも及んでいた。

政次《せいじ》としほの祝言《しゅうげん》は明日に迫っていたのだ。

「高崎のおっ母さんが騙されたのは無理もねえ。八年前、江戸で暗躍した偽書屋の峰《みね》村信之助《むらしんのすけ》、播州《ばんしゅう》浪人赤岩松五郎《あかいわまつごろう》、役者の市川鯉升《いちかわりしょう》こと鯉三郎《りさぶろう》の三人組の手馴《てな》れた仕掛けだ。まず素人《しろうと》衆では手口を見抜けますまい」

と言った宗五郎が、

「ここに七十両ある、十五両は騙され賃と思うて我慢しなせえ」

と津蔵とおきちの母子の前にすいっと差し出した。

ぽかん
と口を開けた津蔵に代わり、六右衛門が、

「金座裏の、この金子はおまえさんが」

「馬鹿を言っちゃいけねえよ。いくら金座裏に居を構えているからといって打ち出の小槌《こづち》があるものか」

と笑った宗五郎が、

「種明かしをするか」

と前置きして、無縁坂下の菓子舗井上大丞《いのうえだいじょう》の嫡男の蓑之助《みのすけ》が五百両で御家人株《ごけにんかぶ》を買い取り、侍に身を変えようとした事件は赤岩らの仕掛けであったこと、それを宗五郎と八百亀らで阻止したことを話した。

「親分、他人様《ひとさま》が騙されかけた騒ぎと津蔵の八十五両と、どう関わりがあるんで」

「六右衛門さん、井上大丞の父子は根性がよくねえや。五百両なんて法外な大金で御家人になりすまそうなんて幕府の屋台骨を金でひっくり返す所業だと、六右衛門さん、思わねえか」

「まあ、他人様がどう考えられようとね」

と六右衛門が鼻白《はなじろ》んだ。

「鼻緒屋の旦那、まだ親分が言わんとすることが分からないかえ」

と八百亀が口を挟み、

「親分の出馬で五百両を騙されずに済んだ井上大丞親子に親分がきつぃお灸《きゅう》を据えなさった。あやつら一味三人組と道具に使われた本物の小普請組宮川与之輔様の前でのことだ。井上大丞の旦那に、白洲に出ることになればお奉行から心得違いについてきついお咎《とが》めがあるは必定《ひつじょう》、商売停止《ちょうじ》だってありうることだ。どうだ、騙し取られようとした五百両のうち、なにがしかを寄進しないかと懇々と諭されなさったんだよ」

ぱあっ

と六右衛門の顔が明るくなり、

「親分、有難うございます」

と言うとその場にがばっと平伏《ひれふ》した。

だが、津蔵とおきちの母子は未《いま》だ事情が飲み込めないらしい。

「ほれ、番頭さん、おきちさん、金座裏の親分方に礼を申さないか」

六右衛門に催促されて母子が頭を下げた。

「だがな、八十五両から十五両を差し引いたのは此度《こたび》の苦い思いをおまえさん方が忘れないためだ。他人様のお蔭で高崎に暖簾《のれん》分けができるんだ、そいつをいつまでも忘れちゃならねえ」

「金座裏の親分さん、私どもも心得違いをしておりましたよ。津蔵が高崎に立派な店を出すために七十両は有り難く使わせてもらいますが、足りない分は私が補います。親分が井上大丞さんに諭されたと同じ心得違い料を私も払うべきです」

「よう、言いなさった」

六右衛門が、

「津蔵さん、おきちさん、いいかえ、高崎でしっかりとした商売をしないと金座裏の親分方の親切が仇《あだ》になる。この六右衛門も一肌もふた肌も脱ぎますでな」

六右衛門が袱紗包みを持ち上げると津蔵に、

「今度は一文たりともおろそかにしてはなりませんぞ」

と渡すと津蔵がようやく事情が飲み込めたか、両手で受け取った。そして、宗五郎と八百亀に向かって伏し拝んだ。

「わっしらは神仏じゃあございませんぜ」

と八百亀が慌てた。一方、宗五郎は平然としたものだ。

うれし泣きのひと騒ぎがあった後、懐に七十両をしっかりと収めた津蔵とおきち母子が座敷から先に玄関に向かった。

鼻緒屋の六右衛門が一人居間に残ると、

「金座裏の親分、私どももどこかで油断があったんでございましょう。その隙《すき》を突かれた。これから店の主になる津蔵にとっていい勉強になりましたよ、私もね。お礼には改めて上がります」

「そんなことはどうでもいいよ」

宗五郎は津蔵が町内の湯屋で鼻緒屋の奉公を辞すことや、高崎で商売を始めることなど一部始終を声高に喋ったのを、偶々湯に入っていたどさ廻り役者の鯉三郎が聞き、赤岩松五郎に告げ知らせ、事が動き始めたことを六右衛門に話そうかどうか迷った末、胸に仕舞い込むことにした。

「いえ、祝言の祝いの品々が隣座敷まで飾られてございますがな、履物はないと見ました。後ほど花嫁花婿の履物を届けさせますでな、生涯、金座裏の十代目と新しいおかみさんの足元の不自由はさせません」

ときっぱりと約定して六右衛門が居間から姿を消した。

ふうっ
と息を吐いた八百亀が、

「あと一つか」

と呟《つぶや》いた。

一刻《いっとき》（二時間）後、金座裏の宗五郎と八百亀の姿は杉森新道の路地裏、小さな稲荷《いなり》社の前で棒手振《ぼてふ》り相手にその日の仕入れの代金を貸しては夕刻、なにがしかの口銭をとって生計を立てる、

「稲荷前の金貸し」

の長屋の前にあった。

八百亀の手に鎌倉河岸《かまくらがし》の豊島屋《としまや》の角樽《つのだる》が提げられていた。

相変わらず小机に頬杖《ほおづえ》をついて稲荷社の赤鳥居を睨《にら》む田之倉の総右衛門《そうえもん》が、

「おや、また金座裏からお出ましかい」

と言った。

その言葉使いはすっかり路地裏の小銭貸しだ。

「角樽なんぞ提げて路地裏の稲荷社にお参りかねえ」

「霊験あらたかなんでね」

「小鼻をお手先がうごめかしているところを見ると、八年前、うちを騙して表店を潰《つぶ》させた一味を捕まえたか」

「おうさ、九代目宗五郎親分と一の子分の八百亀が乗り出して野郎どもをのさばらせておくものか」

「そいつはおめでとうさん。一味に恨みの一つも言ってやりたいがさ、八年の歳月の間に怒りも涙も枯れはててましたよ」

「すまねえ」

と宗五郎が頭を下げて、八百亀が小机の脇に角樽を置いた。

「私のせいで一味が捕まったとも思えないが、なんの真似《まね》だい、金座裏の」

「八年前、おれたち仲間が見逃していなきゃあ、おまえさんも表通りの大店《おおだな》、田之倉の大旦那でいられましたな」

「親分、先日も申しましたよ。番頭任せの商売をしたのが私の間違いなのさ。表から裏路地に引っ越して、それまで見えなかった人情の機微が少しは見えるようになりましたよ。これは入水《じゅすい》して責任をとった番頭さんが私に残していった大切なものですよ」

「悔いはございませんので」

「悔いねえ、悟ったようなことを抜かしても人間、欲はかぎりございませんね。いえ、金座裏の、金子がどうのこうのという話じゃあございませんが、ないことはない」

「娘さんのことかね」

「金座裏の、言わずもがなだな」

頷《うなず》いた宗五郎が、

「八百亀が提げてきた角樽だけでは酒肴《しゅこう》にもなるめえ。酒の菜《つまみ》を受け取ってくれめえか、田之倉の旦那」

「金座裏、おまえさんが取り逃がした一味でもあるまいし、角樽頂戴《ちょうだい》した上に菜までは余分ですよ」

「旦那、余分かどうか見てからにしても遅うございますまい」

八百亀が路地の表口に合図した。すると、

「えいほい、えいほい」

と駕籠《かご》かきの声がして姿を見せたのはお喋《しゃべ》り駕籠屋の兄弟、梅吉《うめきち》と繁三《しげぞう》だ。

「へい、お着き」

とぴたりと稲荷の金貸しの前に駕籠が止まり、

「芝居もどきだが、仕掛けでもしなさったか」

と総右衛門が宗五郎を見た。

宗五郎が駕籠の簾《すだれ》に手を掛けた。

「おれが選んだ菜だ。気にいるかどうか総右衛門さん、吟味してくれまいか」

ぱあっ

と簾が上がると、

「お父つぁん」

という声がして縞《しま》模様の地味な装いをした娘のおきみが駕籠から下り立った。

「お、おきみ」

総右衛門が小机の前から立ち上がろうとして腰を抜かしかけた。

「ど、どうした、おきみ」

「八年前、一家を助けんと苦界《くがい》に身を沈めたおきみさんだ。今度はおまえさん方がおきみさんのこれからを手助けする番だぜ」

と言い置いた宗五郎が、

「八百亀、お喋り駕籠屋、おれたちは引き上げだ」

と命じた。

「お、親分、待っておくれ」

「おや、気に入らなかったか」

「とんでもない。だが、どうしてこんな手妻《てづま》ができるんで」

「田之倉の旦那、大した話じゃねえさ。八年前、おまえさん方を騙した一味がまたぞろ暗躍を始めたのは知っていなさるな」

「そりゃ、先日お二人がわざわざここに足を運んで説明していったから承知ですよ」

「旦那、五百両まんまと騙されかけた馬鹿親子をおれと八百亀が助けたと思いねえ。その心得違いをちょぃと説いてさ、五百両の金子の一部を拝借しただけの話さ。小判だって死んだ金になるより活《い》きた金として使われたほうがなんぼかうれしかろうじゃないか」

最後に言い残した宗五郎が八百亀とお喋り駕籠屋を従えて杉森新道に出ていった。

するとその背後に、

「お父つぁん！」

「おきみ！」

と互いの名を呼ぶ声が稲荷社の前から響き渡った。

「親分、この話、鎌倉河岸でしていいかえ」

「繁三、そいつは駄目だ。世の中にはおきみの身許《みもと》を洗い出して曝《さら》け出そうなんて馬鹿者がいらあ。繁三、おきみが内藤新宿の飯盛《めしも》りだったなんて一言でも喋ってみろ、うちにも豊島屋にも願っておまえ方の出入りを許さないからな」

昨夜の内に宗五郎と八百亀が内藤新宿の飯盛り旅籠甲府屋《はたごこうふや》に走り、身請《みう》けの掛け合いをして請け出し、兄弟駕籠屋を今朝になって向かわせたのだ。

「いい話だがな」

「駄目だといったら駄目だ、繁三」

「親分、分かった。どぶ鼠《ねずみ》の亮吉《りようきち》にも言わないぜ」

「それがいい」

と答えた宗五郎に、

「親分、駕籠に乗ってくんねえか。空だとよ、却《かえ》って歩き難《にく》いぜ」

と繁三が願った。

「駕籠な、おれもそんな年になったか」

「政次若親分がいなさるんだ、偶《たま》には楽してもよかろうじゃないか」

「乗せてもらおうか」

と素直に宗五郎がお喋り駕籠屋の申し出を受けた。

八百亀はそんな様子を見ながら、

（若親分は祝言に間に合うかねえ）

と、そのことを案じていた。

会津《あいづ》藩松平様の預かり屋敷、藩物産会所の内蔵の中で若侍、青地《せいぢ》十太夫《じゆうだゆう》が四晩目の警護に入ろうとしていた。

傍らには五百両が入った銭箱があった。

「青地どの」

と蔵の外から声がかかった。勘定方手代村上三左《かんじょうかたてだいむらかみさんざ》の声である。

「何用にござるか。銭箱は異常ござらぬ」

「そうではない。お見回りにござる」

「どなた様のお見回りでござるか」

「江戸家老ご用人にござる」

「ほう、江戸家老様直々のお見回りな」

「そうではござらぬ、江戸家老ご用人高村采女《たかむらうねめ》様にござる」

「おや、ご用人様か」

村上三左の体が押し退《の》けられ、黒羽織《くろばおり》を着た壮年の武士が、

「扉を開けよ」

と命じた。

「そなた様が江戸家老様のご用人様にござるか」

「いかにもさよう」

「内蔵に入りたいとの申し出じゃが、なんの権限ありてのお見回りにござるか」

「なにっ、青地とやら、高村采女を侮るか」

「いえ、侮ってなどおりません」

　青地十太夫の声は間延びして聞こえた。それが却って高村采女を苛立《いらだ》たせ、

「先日来の御用金紛失、目付《めつけ》の他に江戸家老小原権左衛門《おはらごんざえもん》様直々の探索団が組織され、それがしがその長《おさ》だ。江戸屋敷は容頌《かたのぶ》様のおられる奥を除いていずれの刻限いかなる場所へも立ち入る権限を有しておるのだ」

　と怒鳴り声を張り上げた。

「おう、そのようなこととは露知らず、失礼をし申した。ただ今、鍵《かぎ》を開けまする」

　と応じた青地十太夫が、

「鍵はどれであったか。あいや、村上どの、鍵が分からぬようになった。いや、これじゃこれじゃ」

　とようやく鍵穴に合う鍵を見つけ、
　がちゃがちゃ
　と音を立てて鍵を突っ込み、扉を開いた。すると立ちはだかる高村采女が、

「おのれ、邪魔立て致すな、どけ」

と蔑《さげす》むように言い放つと蔵の中に入った。

蔵の外の廊下を伝い、夕風が吹き寄せてきて、その風の中に桜の匂《にお》いがそこはかと漂っていた。

くんくん
と鼻を鳴らした青地十太夫に、

「蔵の中を厠《かわや》と間違えておらぬか、この臭気はなにか」

「おや、なにか臭《にお》いまするか」

高村采女が青地十太夫の正面に立った。

「国許にて奉公しておると聞いたが職階はなにか」

「それがしにござるか。山奉行佐々《さ さ》主水《もんど》様支配下木地小屋山役人にございました」

「なに、そのほう、若松城下の家臣ではないのか」

「若松に出るのは正月の年賀登城の折だけでござる」

「家禄はいかに」

「三石二人扶持《ふち》にございます」

「なんと三石二人扶持の山役人に田中玄宰《た なかはるなか》様はなにじょうあって目をかけられたか」

「はあてな、佐々様がおまえは闇《やみ》で目が利くゆえ田中様のお供で江戸に行けと命じられましたので」

「目が利くとな」

「はあ」

と青地十太夫が間の抜けた返答をして、

「ところで高村様、お見回りの御用、お済みになりましたか」

と聞いた。

「下郎《げろう》、おれがことに口出し致すな」

と命じた高村が内蔵の中を四半刻（三十分）も歩き回って、
ふわり
と夜気に溶け込むように姿を消した。すると青地十太夫が溜息《ためいき》を吐く前に手代の村上三左が、
ふうっ
と息を吐き、

「青地どの、高村様に目を付けられるととことん苛《いじ》め抜かれるぞ、用心召され」

と言い残すと、

「われら、勘定方、これにて失礼致す」

と蔵前から去ろうとしたが、

「おお、そうじゃ。そなた宛《あて》に国家老田中玄宰様から書状が届いておる。高村様の前では渡せなんだがな、受け取れ」

「ご配慮感謝致します」

と答えた青地が分厚い書状を受け取り、懐に入れると、

「あいや、夕餉《ゆうげ》はどうなっておりますな」

「夕餉の膳が届いておらぬか、厨房《ちゅうぼう》に言付けておく。しっかりと蔵の鍵を掛けられて過ごされよ」

と村上が蔵前から消え、青地十太夫、いや、政次若親分の脳裏に、

（いよいよ明日は祝言、どうしたものか）

という考えが浮かんだが、

（まずは御用が先）

と念頭から打ち払った。

二

政次は蔵の中に置かれた行灯《あんどん》の明りで届けられた書状を確かめた。表書きこそ田中

玄宰の名が達筆で書かれてあったが、封を開くと内部から別の手紙が姿を見せた。政次の行き先を承知なのは養父の宗五郎しかいない。だが、筆跡は宗五郎ではなかった。二通目の封を開くと、

「おや、猫村《ねこむら》様からのお手紙でしたか」

と政次が得心した。

北町奉行所手付同心《てつきどうしん》の居眠り猫こと猫村重平《じゅうべい》が金座裏に連絡をくれたものと思われる。むろん猫村も政次がどこにいるか知る由《よし》もない。金座裏を訪ねて政次に面会を求め、宗五郎が会った後、猫村にその場で手紙を書かせて会津藩上屋敷に滞在中の田中玄宰に宛ててその書状を届け、田中が自ら記した表書きに二重に封して届けられたものと、政次は推測した。

そういえば日本橋の人込みの中で猫村同心に出会い、会津藩屋敷のことを頼んだ記憶が政次にあった。

（もしかしたら）

政次は書き慣れた筆跡の猫村の文を読み始めた。

「政次若親分、お役目ご苦労に存ずる。金座裏を訪ね、宗五郎親分から若親分が隠密《おんみつ》御用のため金座裏から姿を消されていることをお聞き致し候。それがし、いつぞや頼

まれし一件に関わりありと判断致し、その旨親分に通じたところ、ならばこの場で手紙を書いてくれませぬか、私が政次の手元に届けさせますとの返事、取り急ぎ金座裏にて一筆認《したた》め候。

会津藩預かり屋敷に藩物産会所が設置されたのは寛政五年にて今から八年前のことに候。藩財政改革の一環にて会津の物産を江戸にて販売しようとの試みとか。

この会所設置に対して江戸藩邸の一部では、物産会所など武家が携わるべきものでなし、商人の所業なりと反感を持たれる御仁《ごじん》ありて国許派と江戸屋敷派の対立の因《もと》になっておるとか。

この江戸屋敷派の旗頭《はたがしら》は江戸家老小原権左衛門様にて会津領内の郷頭《ごうがしら》上層農派と手を携えて領内で進行しておる殖産事業などに反旗を翻《ひるがえ》しておるとか。

但《ただ》し藩物産会所が設置された当初は江戸屋敷派も藩財政改革の行方を見守る体にございましたそうな。それが、数年前より紅花、漆《うるし》販売、酒造業が円滑に動き出した時分から危機感を持ったか、領内の郷頭上層農派と手を結び、物産会所を潰すために策動し始めた由。郷頭上層農派は、田中玄宰様が主導なされる藩改革において熟田を召し上げられ、薄田と合わせて均等化を図られたことに不満を抱く由とか。

また漆木の管理を藩物産会所が行い、漆木帳簿を作成し、私伐を禁じたことに大いに反発の由とか。

藩物産会所に管理され、既得権の「旨《うま》み」を剝奪《はくだつ》されし郷頭上層農が江戸家老の小原様に訴え、対策を願ってのことかと推量し候。江戸家老小原様は、ただ今の容頌様が七歳で藩主に就かれた折、後見と称して藩政を三十年余にわたり専断してきた叔父《おじ》容章《かたあきら》様に親しく交わったお方にて国家老職田中様の藩政改革には反対する立場にありとか。

一年ほど前から江戸屋敷で頻発する物産会所の御用金紛失は、江戸屋敷派の旗頭の小原江戸家老様ご用人高村采女様が指揮してのことではないかと藩内の下級武士、中《ちゅう》間《げん》らは噂《うわさ》し、江戸屋敷派の動きを注視しておる処に候。

この高村様、柳橋《やなぎばし》の料理茶屋弦月《げんげつ》の常連にて藩財政改革反対派の溜《た》まり場に候。

国家老田中様の出府の日に会所勘定方二人が内蔵で斬殺《ざんさつ》されし一件も証拠とてございませぬが藩政改革に異を唱えての行動、高村様一派の仕業かと推測し候。

若親分、祝言間近に迫り焦慮の事と存知候が宗五郎親分、しほ様のお心を信じて御用解決に尽力あらんことを祈念候。居眠り猫」

とあった。

「有難うございます、猫村様」

政次は声に出して猫村の好意を感謝した。

猫村は日本橋上での頼みを忘れなかったのだ。

しほ、独り祝言をさせることになりそうだが、これも金座裏に入った私どもの宿命《さだめ》、分かってほしいと政次は胸の中のしほに話しかけた。


金座裏には次から次に客が詰め掛けて、祝いの品を置いていった。その対応に宗五郎とおみつとしほの三人は、追い回されていた。

八百亀らも畳替えが済んだ座敷に金屏風《きんびょうぶ》を持ち込んだり、座敷のあちこちに行灯を設置したり、手入れの終わった庭回りを掃除し、通りに面した格子戸の左右に高張《たかは》り提灯《ぢょうちん》を掲げたりと大忙しだった。

祝言の膳部《ぜんぶ》は、金座裏と付き合いのある料理屋の八百膳《やおぜん》が引き受けてくれたので、こちらは心配ない。

夕暮れ、しほが豊島屋に戻るために宗五郎とおみつに挨拶《あいさつ》した。しほは明日、豊島屋を出て、金座裏に嫁ぐのだ。

「しほちゃん、豊島屋さんに寝泊まりするのも今晩が最後だねえ」

「おっ養母《か》さん、ちゃん付けはもはやおかしゅうございます」

「おかしいかね」

と応えたおみつはどこか上《うわ》の空だ。

「おみつ、どうしたえ」

と宗五郎に尋ねられたおみつが、

「どうしたって、独り祝言なんてありかねえ」

「ありもなしも花婿がいないんじゃあ、致し方あるめえ」

「あるめえたって、仲人の松坂屋《まつざかや》の松六《しょうろく》様とおえい様も驚かれるよ。前もってこのこと話しておかなくていいかね」

「そうだな、せめて仲人様くらいには事前に話しておくか」

「だれか使いを立てるかい」

「私が参りましょうか」

としほが言い出した。

「花嫁に明日の祝言は花婿がおりませんなんて言いに行かせられるものか。こいつばかりはおれが出向こう」

「そうしておくれな」

慌ただしく話が決まり、豊島屋に帰るしほと宗五郎は一緒に切妻屋根の腕木門格子戸を出た。するとそこでは八百亀らが蠟燭《ろうそく》に明りを点じて具合を見ていた。

「いつだって花嫁ご一行様を迎えられますぜ」

と亮吉が宗五郎に言った。

「なんぞ言いたそうな面付きだな、亮吉」

「尋ねてもいいのかえ、親分」

「友達甲斐《がい》におめえが政次の代役を務めるか」

「花婿の代役が務まるものか。どうするんだよ、しほちゃん独りでさ」

「おめえが案じたってどうにもなるめえ」

「そんな暢気《のんき》な」

と苛立った様子の亮吉が、

「しほちゃん、どうするんだよ」

と矛先を変えた。

「私なら大丈夫よ」

「大丈夫って、なにが大丈夫なんだ」

「だから、花嫁独りの祝言も悪くないと思うな」

「そんな馬鹿な」

「私と政次さんはこれからが長いのよ。祝言の晩にいなくたって平気よ」

「八百亀の兄さん、おれ、頭がおかしくなったよ」

「独楽鼠《こま》、おまえの祝言の時は、花婿花嫁ふたり一対で揃《そろ》えな」

「八百亀、亮吉の時は、花嫁がいないかもしれねえぜ」

「親分、ちがいねえ。亮吉独り待ちぼうけって図が浮かぶぜ」

「八百亀兄さんも親分も冗談言っている場合か」

と亮吉がぷんぷん怒って格子戸の中に飛び込んでいった。おみつにでも訴える心算か。

「亮吉め、あれはあれで心配してんだよ」

「親分、若親分の御用の目算は立ちませんかえ」

八百亀が宗五郎に聞いた。

「政次もやきもきしてようが、どうも立ちそうにないな。これから松坂屋のご隠居夫婦に独り祝言になりそうだとお詫《わ》びにいくとこだ」

「前代未聞だぜ、花嫁独りの祝言なんてよ」

八百亀の言葉に宗五郎が頷き、

「しほ、許せ。金座裏に入った政次としほのさだめだ」

「私はなにも思っておりません。でも、政次さんは案じておられましょうね」

と政次のことを気にした。

「なんともな、こいつばかりはどうにもならねえ」

宗五郎が松坂屋に行くために日本橋川へと歩き出した。

いつになく宗五郎の背が寂しく見えた。

「私も親分とご一緒しようかしら」

としほが呟いた。

鎌倉河岸の豊島屋は反対方向だ。

「いや、ここはわっしにお任せなせえ。豊島屋じゃ、あれこれと明日の仕度が待っていよう」

と言った八百亀が宗五郎の後を追っていった。


鎌倉河岸の石積みの船着場を上がったところに八代将軍吉宗お手植えの八重桜があって、名物になっていた。

桜の季節は去ったが八重桜はこれからだ。

八十有余年の年輪を重ねた木肌はごつごつとして堂々とした風格を見せていた。

しほはなにかあると鎌倉河岸の八重桜の幹に掌《てのひら》を触れて悩み事を打ち明け、頼みごとをした。

この宵《よい》、金座裏からの帰り道、しほはふと足を止めて八重桜にお辞儀をすると両の掌を幹肌に当てた。

しほのざわつく気持ちを老樹の温《ぬく》もりが落ち着けてくれた。

(しほは明日政次さんの許に嫁に行きます。長年、悩み事や相談事を聞いて頂き、有難うございました。これからは政次さんに相談します)

鎌倉河岸に風が吹き抜けた。

(幸せにな)

としほの耳に響いた声は、どこか父親、武州《ぶしゅう》浪人江《え》富文之進《とみぶんのしん》として死んだ川越《かわごえ》藩家臣村上田之助《むらかみたのすけ》のものに似ていた。

(父上)

(父親らしきことはなにもしてやれなんだ。相すまぬ、志穂《しほ》)

(父上、しほは江富志穂ではなく町娘しほとして政次さんの許に嫁に行きます)

(それでよい)

(しほ)

と女の声に変わった。

亡き母の声だと思った。

(政次さんと幸せにね)

(母上)

八重桜の温もりに母への想《おも》いを重ねながら、しばらくしほは佇《たたず》んでいた。すると、

「しほさん、大変だよ」

と豊島屋の小僧の庄太《しょうた》の叫ぶ声がした。

振り向くと庄太が手を振りながら、

「川越のお殿様が贈り物を届けてこられたよ」

という声が鎌倉河岸に響き渡った。


政次は人の気配が迫ってくるのを意識していた。

内蔵の板の間に胡坐《あぐら》を掻《か》いて銭箱を一間《けん》ほど前に見詰める姿勢はこの四晩目になっても変わりない。

膝《ひざ》の傍らには盆に握り飯と大根の古漬けがあった。だが、一口として食していない。

いつもは猫足膳に一汁二菜の夕餉が供された。だが、この夜、初めて握り飯が二つに

古漬けだけの食事だった。

刻限は四つ（午後十時）前後か。

さらに殺気が籠《こも》った気配が接近したと思った。

内蔵の重い扉の外ではない。地底からだ。

政次はそんな気配を察しながらうつらうつらした眠りに落ちた。この四晩、横になることもなく内蔵の中か表で警護してきた。

疲れが出たか。

いつの間にか鼾《いびき》が洩《も》れ始め、尾を引くような高鼾になっていた。

ごとん
と大きな音が内蔵に響いた。だが、政次の眠りは中断されることはない。ひたすら熟睡しているように思えた。

ふうっ
と湿気臭い風が蔵の中に吹き込んできた。

銭箱の背後の床板がするすると動いて、その陰から狐《きつね》のような顔が一つ覗《のぞ》いた。そして、政次の眠り込む姿を見て、

「金座裏の若親分だなんていっても町方風情、考えることは大したことはございませ

んよ。眠り薬を塗《まぶ》した握り飯を食らって高鼾でございますよ、高村様」

と後に続く上役に話しかけた。

銭箱の背後から姿を見せたのは会津藩家臣のようだ。

政次がうっすらと目を開いたとも知らず、

「会津上屋敷と預かり屋敷の地下道が百年以上も前に掘り抜かれて通じておるなど国許の連中には分かりますまいな」

と嘯《うそぶ》いた。

「もっとも江戸屋敷の者でもこの事実を知る者は限られておりますからな、国家老の田中様方が知る由もない」

二人目が姿を見せた。

江戸家老小原権左衛門付き用人高村采女だ。

「園田《そのだ》、喋り過ぎる」

高村が注意し、再び両眼《りょうめ》を閉じて寝込む振りをする青地十太夫こと政次を見下ろしながら注意した。

三人目が蔵に姿を見せた。鍵を手にした巨漢は政次に尻を向けて銭箱の前に座り、鍵穴に差し込んだ。

「これで五百両が消えて国家老の藩政改革も風前の灯《ともしび》かな」

と園田某《なにがし》がさらにせせら笑った。その声に含み笑いが呼応した。

鍵穴に鍵を突っ込んだ巨漢が、ぎょっとして後ろを振り向き、

「ご用人」

と切迫した声を上げた。

「どうした」

「こやつ、眠ってなどおりませぬ」

「なにっ」

高村が位置を変えた。

政次が傍らの剣を摑《つか》むと、

「そろそろ尻尾《しっぽ》を出されてもよい頃とお待ち申しておりました」

「おのれ」

「内蔵から金子が消える。なんぞ仕掛けがなければできない算段ですからね。その上、罪もないお二人を殺害なされた」

政次は、会津藩江戸屋敷が上屋敷九千百五十余坪と、和田倉門から坂下渡り門に登城する大名諸家や旗本行列が通過する大名小路を挟んで、二千八百坪余の預かり屋敷

とに分かれていることに注目した。そこで直《す》ぐに国家老付密事頭取魚津昌吾《みつじとうどりうおづしょうご》らを通じて、二つの屋敷を往来するには大名小路を横切るしか方法がないのかどうか調べてもらった。

このような連絡は食事の膳に文を忍ばせて行われてきた。

江戸藩邸目付松村正兵衛《まつむらしょうべえ》を通じて、寛永二十年、保科正之《ほしなまさゆき》が出羽《でわ》から初代藩主として会津若松に入封した年、江戸藩邸の大改修が行われ、二つの屋敷に地下道が掘り抜かれたことを突き止めたと知らせてきた。今から百四、五十年も前のことだ。松村は、

「昔の記録ゆえ現在も存在するかどうか定かではなし」

と書いてきたがやはり存在した。

政次が立ち上がり、刀を腰に手挟《たばさ》んだ。

「町人の分際で」

「高村様、いかにも私、町人にございますれば会津屋敷に潜入した事実などあってはなりますまい」

「どういう意か」

高村采女が羽織を脱ぎ捨てた。

園田某と巨漢も立ち上がり、剣を抜いた。

「お相手致します」

松平容頌の差し料山城国来国次《らいくにつぐ》二尺四寸三分を抜いた政次は正眼《せいがん》に構えた。田中玄宰から仕掛けを聞いた容頌が自らの大小を貸し与えたのだ。

「私めの会津屋敷潜入を目撃なされたお三方、生きて蔵の外に戻すわけには参りませぬ」

「なにっ」

小柄な園田某が右肩口に剣を引き付け、巨漢は突きの姿勢をとった。

高村采女は政次の様子を見るためか二人の配下の背後に下がった。

刀は未だ鞘《さや》の中だ。

政次は尾張派柳生と林崎夢想流《はやしざきむそう》の居合をよく遣うという高村が難敵と判断した。だが、その前に二人が立ち塞《ふさ》がっていた。

「園田、抜かるな」

巨漢が園田に声を掛けると、
すいっ
と気配もなく突きの剣を伸ばしてきた。

政次はその瞬間、園田某に向かって飛んでいた。

意表を突かれた園田が八双《はっそう》の剣を振り下ろそうとした時、正眼の剣の切っ先が躍って園田の喉元《のどもと》をかっ捌《さば》き、さらに横手に飛んで突きの剣を弾《はじ》くと巨漢の右喉を深々と裁ち割っていた。

一瞬の反撃に二人が斃《たお》された。

「なんと」

と高村采女が驚きの声を上げた。

「国家老田中玄宰がなぜ町方風情に頼ったかと思うたが」

高村はそう言いながらも二人の配下には目も呉《く》れず、腰を落として抜き打ちの構えを取った。

政次はすでに正眼に戻していた。

「そのほう、剣の心得があったか」

「直心影流《じきしんかげ》神谷《かみや》丈右衛門《じょうえもん》先生に教えを請う者です」

「赤坂田町《たまち》の神谷道場門弟とな」

歯軋《はぎし》りした高村の両眼が細く閉じられ、政次の動きと間合いを計った。

政次は泰然とした不動の姿勢で待った。

じりじり

と行灯の灯心が燃える音だけが微《かす》かに響いて、それに高村采女の息遣いが重なった。

うおおっ！

野獣の叫び声のような気合を発した高村が政次に向かって突進してきた。

手が腹前に翻り、柄《つか》にかかった。

その瞬間、政次も踏み込んでいた。

六尺を優に超えた長身がしなやかに躍り、神速の剣が迷いなく高村采女の左首筋に吸い込まれていた。

ううっ
高村の動きが止まった。

剣はわずか三、四寸余しか抜かれていない。細められていた両眼が恐怖に見開かれ、なにか言いかけたが言葉にはならず、
どさり
とその場に崩れ落ちていった。

三

祝言の朝、金座裏で一番先に起きたのはおみつだ。台所の竈《かまど》に火を入れると裏庭に

出た。すると井戸の釣瓶《つるべ》の綱が巻き上げられ、軋む音がした。それも遠慮げな音だ。

「だれだい」

　とおみつが井戸端に向かうと褌《ふんどし》一丁の影が片膝を突いて水を浴びていた。

「政次、戻ってきたかえ」

　おみつは思わず嬉《うれ》しそうな声を上げた。

「おっ養母《か》さん、心配かけました」

「御用は」

「済みましてございます」

「さすがにうちの人の目に狂いはないね」

　おみつが亭主の眼力を褒め、ついでにくんくんと鼻を鳴らした。

「まだ臭うございますか」

「なんだい、政次、おまえが発する臭いか」

「なにしろ、この陽気に風呂も入らず蔵の中に何日も押し込められていたようなものですから」

「政次、いくら惚《ほ》れ合ったしほでも愛想を尽かすよ。水浴びしたくらいで取れる臭いじゃないやね。うちの湯を沸かすより駿河《するが》町の金春湯《こんぱるゆ》に走りな。この界隈《かいわい》じゃあ、一番早いからね、暖簾がかかってなきゃあ、裏口から入って一番風呂の客が入る前に体を洗わしてもらうんだ。うちと言えば長年の付き合い、断りもしまい」

政次が脱ぎ捨てた衣服を身に纏《まと》おうとした。

「そいつが臭いの大元だね、その恰好《かっこう》で行きな。着替えと湯銭は後で届けさせるよ」

おみつが金座裏の裏口から手拭《てぬぐい》だけを持たせた裸の政次を路地へと追い出した。

和田倉門内の会津預かり屋敷から金座裏に戻ってきたときは、夜の気配が残っていた。だが、今やうっすらと曙《あけぼの》が江戸の町を染め、新しい一日が到来しようとしていた。

江戸家老小原権左衛門用人高村采女ら三人を斃した政次は、内蔵の扉を開き、物産会所の傍らの長屋に行くと予《かね》て手筈《てはず》どおりに老中間義助《ぎすけ》を起こして、通り一本挟んだ上屋敷に遣わすと魚津昌吾らを密《ひそ》かに呼んだ。

会津から国家老田中玄宰に従い、江戸入りしていた魚津昌吾、江戸藩邸目付松村正兵衛、木下忠道《きのしたただみち》の三人が預かり屋敷の内蔵に駆け付けてきた。

そのとき、政次はすでに内蔵に戻り、銭箱の後ろにぽっかりと開いた地下道に入り込んでいた。

「若親分」

と叫びながら内蔵に飛び込んだ魚津らの動きが止まった。床に斃れ伏した三人の体から血の臭いが薄く漂っていた。

「高村采女、どのか」

と松村正兵衛が予測していたように声をあげ、残り二人の顔を覗き込んだ。もう一人の同僚目付の木下が行灯の明りを持ち上げた。

「江戸の郷頭上層農派と目された市田《いちだ》章八郎《しょうはちろう》、園田陣左衛門《じんざえもん》じゃぞ」

と松村が呟く。

「それにしても凄まじい太刀筋かな」

木下が行灯の明りを動かして高村、市田、園田の喉元の傷を照らし出した。

「さすがに赤坂田町直心影流神谷道場の技前、鋭いな」

と魚津が呟き、

「若親分はどこにおられる」

と辺りを見回した。すると銭箱の下辺りからなにかが軋む音がして蠟燭を持った政次が姿を見せた。

「若親分、ご苦労にござった」

政次の片手からは刀の下《さ》げ緒《お》が外され、穴の中に垂れていた。

「若親分、祝言の朝に嫌な思いをさせ申した。だが、この始末、公《おおやけ》にすると国許、江戸の争いとなり、藩主容頌様が田中玄宰様に託された藩政改革が頓挫《とんざ》することになる。会津藩家中を二分して争う余裕などどこにもござらぬ。この者たち、三人の血と死を最後の犠牲とせねばなるまい」

と魚津が言い切った。

「その足しになるかもしれませんね」

政次が下げ緒を引き上げると布袋包みが姿を見せて、

「一年前より紛失致しました千百九十両の内、およそ八百両が上屋敷への地下道の途中の隠し穴にございました」

「おおっ」

と三人の口から喜びの声が洩れた。

「金子より魚津様方の探索の役にはこちらが立つやもしれませんね」

政次は懐から一冊の帳簿を出した。

「田中玄宰様の藩政改革が始まって、会津藩を専断してきた叔父御《おじご》の容章様一派が藩政から遠ざけられましたね、その後の反撃の模様が全《すべ》て記載されております」

「それはなによりの証拠かな」

政次が帳簿を魚津に渡すと腰の大小を抜き、

「お殿様に御腰のものを血で穢《けが》しましたとお詫び下さい」

と差し出した。

「その旨お伝え申す」

と受け取った魚津が、

「政次どの、おめでとうござる」

と祝いの言葉を口にした。

「嫁一人の祝言と覚悟致しましたが、なんとかかたちになりそうです」

と笑った政次が、

「それではご免」

と挨拶し、内蔵を出ようとすると、

「門前まで案内申す」

と木下が政次に従った。


駿河町の一本南側の路地に金春湯があった。その昔、金春流の狂言師の屋敷があったとか、それを百年も前に加賀から出てきた初代の理兵衛《りへえ》が譲り受け、湯屋の免許を譲り受けて暖簾を上げた。その折、金春湯と名付けられたとか。

駿河町裏の湯屋の自慢は、

「お城に一番近い町湯」

だった。

政次が釜場《かまば》に通じる裏木戸を押し開けると、すでに釜には火が入っていた。

「おこもさんかえ。駄目だよ、褌一丁で裏口から入ってきちゃあ」

と釜番が叫び、

「おこもじゃあございません。金座裏の政次にございます」

と松坂屋の手代時代そのままの丁寧な口調で応じる政次を折から釜場に姿を見せた金春湯五代目の理兵衛が、

「確かに若親分だ。たしかおまえ様は今日祝言を挙げる身じゃないかね」

「いかにもさようです」

「花婿が一体全体そのなりはなんの趣向ですね」

「御用の筋で風呂にも入れない日が続いておりまして、つい最前金座裏に戻り、井戸端で水浴びをしておりますとおっ養母さんが、その臭い、金春湯さんで流しておいでと申されまして、かくのとおり裏口から参りましたので」

「呆《あき》れた」

と理兵衛が言い、

「花嫁のしほさんに愛想尽かしされますよ。ちょいと温《ぬる》いが上がり湯で流しなさい」

釜場横の戸口から金春湯の、薄暗い洗い場に入り込んだ政次は、上がり湯を頭から何杯も被《かぶ》って汚れと汗を落とした。元結《もっとい》が切れて髪がさんばらになったが、どうせ髪結いに立ち寄るつもりだ。

政次は、金春湯を一人占めにして髪を洗った。すると背後に人の気配がして頭から上がり湯をかけてくれた。

理兵衛が三助《さんすけ》を寄越《よこ》したのだと思った。

「すまない、長《ちょう》さん」

金春湯の三助は丁寧な仕事で客の受けもいい、ただ一つの欠点は無口だった。主人の先祖と同じ加賀金沢から遠く離れた山間の出で、訛《なま》りが酷《ひど》く、そのせいで口が重いとこの界隈の評判だ。

三助の手が政次の背に移り、糠袋《ぬかぶくろ》で丁寧に擦り上げてくれた。

「気持ちがようございますよ、極楽です」

と政次がざんばらになった頭髪を一まとめにして手拭でくるくると巻いた。

「終わったか」

三助の声が問うた。

「えっ」

と勘違いに気付いた政次が後ろを振り返ろうとすると、

「動くと洗えねえ、そのままそのまま」

と宗五郎の声が命じた。

「親分とは思いもしませんでした」

「明け方、井戸端で釣瓶が軋むんでな、そうじゃないかと思ったのさ。おみつがだれぞに着替えと湯銭を持たせるというから、ふとおれも朝湯がしたくなったのよ。理兵衛さんがおれの面を見て、九代目十代目の父子で朝湯を浸《つ》かるのもいいもんでしょうと湯屋に入れてくれたんだ」

宗五郎が糠袋で擦る度に垢《あか》がぼろぼろと出た。それでも何度か湯をかけてもらうちに政次の背中に、
すうっ
と涼風が吹き通ったようで、

「お陰様でさっぱり致しました」

と養父に礼を言い、

「親分、今度は私が背を流します」

と交替した。

政次は宗五郎の背を流しながら、夜半から未明に起こった会津藩邸の騒ぎの顛末《てんまつ》を語った。

「おなじ家中でも江戸と国許とは藩政に対する感じ方がこうも違うかねえ。江戸はどうしても公方《くぼう》様のお膝元、武家方も虚栄を張らねえと付き合いもできねえと無理をなさる。だがな、三百諸侯どなたもそうだが、一番大事なのは領内の政事《まつりごと》と経営よ。そいつを江戸藩邸住まいが長いと、つい失念すると見えるぜ」

と感想を述べた宗五郎が、

「政次、祝言の朝に嫌な御用を務めさせた。だが、これも金座裏に課せられた仕事よ。おめえが十代目になった暁には今朝のおれの気持ちが分かってくれよう」

と言い足すと、

「湯に入ろうか」

と優しく政次に言った。

石榴口《ざくろぐち》を潜《くぐ》ると天井の格子窓から差し込んだ光があちらこちらに反射して新湯を照

らし、湯煙をうっすらと浮かび上がらせていた。

宗五郎と政次の二人が湯船に浸かっていると釜場から顔が覗いた。

髪結いの新三《しんざ》だ。

新三は金座裏の下っ引きでもあり、江戸の得意先を廻《まわ》りながらあれこれと情報を仕入れてくるのだ。

「若親分の髪は他人にゃあ任せられねえと、朝早くから金座裏に面を出すと姐《あね》さんが親分も若親分も湯屋というじゃないか。金春湯の旦那に二階を借り受けて髪結い床を店開きする算段がついた。親分、若親分、二階で待っているぜ」

新三が言い残すと顔が消えた。

新三に髭をあたってもらい、髪を綺麗《きれい》に結い上げてもらった宗五郎と政次が金座裏に戻ったのは六つ半(午前七時)の時分だ。

家の内外はいつもの朝よりも一段と丁寧に掃除がなされ、打ち水が撒《ま》かれて清々しかった。

居間に戻るとおみつが父子に桜湯を供してくれた。

「おまえさん、綱渡りだったが、なんとか間にあったね」

「物事なるようにならあね」

「そうは言うがおまえさん、何度も寝返りしていたよ」

「まあな、おれも独り祝言は初めてのことだ。正直どうなるかと思ったぜ」

と苦笑いして桜湯の茶碗《ちゃわん》を取り上げたとき、常丸《つねまる》が居間に飛んできた。

「お、親分。通りに大名行列が入り込んできたぜ」

「いくら田舎《いなか》大名でも道は間違うめえがな、お先棒《さきぼう》が勘違いしたか。お城は向こうですと教えてやんな」

「親分、大変だ。うちの前に会津藩二十三万石の乗り物が止まったぜ」

今度は亮吉があたふたと飛び込んできた。

宗五郎と政次が玄関に出ると田中玄宰が姿を見せて、

「金座裏、世話になった」

と言った。

「なんのことがございましょう」

「容頌様に事の顚末を申し上げたところ、祝言を犠牲にしてまで会津の為《ため》に働いてくれた金座裏に礼がしたいと申されてな、容頌様をお連れした」

「なんと容頌様が」

さすがの宗五郎も驚いた。そこへ五十八歳の容頌が悠然と入ってきて、

「おお、ここが家光様お許しの金流しの十手《じって》の家か」

と出迎える宗五郎と政次に鷹揚《おうよう》な笑みを浮かべた顔を向けた。

「容頌様、町屋までお越し頂き、宗五郎恐縮至極にございます」

「和田倉門内のわが屋敷と金座裏では世間で申すご町内であろう。世間が動き出さぬうちに礼に参った」

「恐れ入ります。むさいところにございますが、お上がり下さい」

「さようか」

容頌が応え、玄宰に近習数人が祝言の場になる広座敷に上がった。だが、容頌の顔があちらこちらを見回し、

「宗五郎、金流しの十手はどこにある」

と問うた。

「へえ、居間の神棚に飾ってございます」

「苦しゅうない、案内せえ」

さすがに親藩二十三万石の殿様だ、注文も鷹揚だ。

「わっしらが茶を飲んだり、喋ったりする座敷にございますが構いませぬか」

げと見た。

容頌がつかつかと居間に入り、神棚に飾られた金流しの十手と銀のなえしをしげし
「構わぬ」

「宗五郎、そなたの家には銀の十手も伝わっておるか」

「いえ、それはなえしにございます」

と政次が銀のなえしを得た由来を宗五郎が語り聞かせた。

「なんと金座裏には金流しと銀のなえしの金銀が揃っておるとはのう、上様《うえ》もご存じあるまい。次にお会いしたときに余が上様にお教え致そう」

と満足そうな笑みを浮かべる容頌に宗五郎が金流しの十手を持たせた。

「重いものじゃな、宗五郎」

と何度か素振りした容頌が、

「玄宰、その方も持ってみよ」

と国家老に渡した。

一頻《ひとしき》り金流しの十手と銀のなえしが松平容頌公と腹心らの手に渡り、神棚に戻った折を見ておみつが桜湯を供した。

「政次、此度はいかい世話になった」

容頌の言葉に政次はただ平伏して受けた。

「なんぞ余も礼がしたいと思うてな」

と言うと腰からすいっと腰刀を抜いた。

「政次、これへ」

九寸五分（約二十九センチ）の刀身は大和当麻《やまとたいま》派の作刀で金梨子地《きんなしじ》塗《ぬり》、筒金《どうがね》の団菊文が施された柄には会津松平家の家紋、丸に三葵《みつあおい》が輝いていた。

「政次、十代目の金座裏の護《まも》り刀とせよ」

政次は宗五郎を見ることなく、

「殿様のお心遣い、政次が生涯忘れることはございませぬ。今宵の祝言の席、護り刀を手挟んでようございますか」

と両手で受けた。

「差し許す」

「有り難き幸せに存じます」

「玄宰、金座裏は本日祝言じゃ、長居は無用じゃあ」

と容頌が立ち上がろうとした。

「宗五郎どの、若親分、祝言が無事に済んだら和田倉門の屋敷を訪ねてくれぬか。此度の報告をなす」

玄宰が言った。

「玄宰様、もはやご家中の内々事、わっしどもに報告することもございませんよ。ですが、政次と花嫁のしほを連れてご挨拶に参ります」

「おおっ、花嫁もわが屋敷に連れて参るか。玄宰、そなたが会津に戻る別離の席に金座裏を呼べ。会津の酒を酌み交わそうぞ」

満足そうに言った容頌一行が宗五郎らの見送りを受けて金座裏を後にした。

四

祝言の朝、豊島屋の奥座敷でしほは七つ半（午前五時）前に目を覚まし、内湯に浸かった。

もはやしほは覚悟が付いていた。

花婿の政次がいない祝言を独りで演じる覚悟だった。父が亡き後、鎌倉河岸の人情に支えられて若い娘が独りで生計を立ててきたのだ。それを思えば大勢の人に祝福してもらう祝言の結末がどんな、

「かたち」

であれ、驚くには値しないと思った。

なにしろしほが嫁ぐ先は幕府開闢《かいびゃく》以来の十手持ち、それも将軍家光お許しの金流しの家系だ。

だが、しほは、古町《こまち》町人の金座裏の家系や金流しの謂《いわ》れは一旦《いったん》忘れ、政次に嫁ぐことだけを考えようとした。

豊島屋の奉公人たちが朝早くから沸かしてくれた内湯にゆったりと浸かり、気分を落ち着けた。白い肌が薄い桜色に染まった頃、

「しほちゃん、お早う」

と豊島屋に出入りの女髪結いおまさの声がした。

おまさは女髪結いが江戸の町に登場を始めた天明期からの髪結いで、それまで男が独占してきた職業の新規開拓者の一人だった。

豊島屋のとせの癖毛を丁寧に扱い、それが気に入られて豊島屋の出入りになった。しほも豊島屋に通い奉公するようになっておまさの手で島田髷《しまだまげ》を結ってもらってきた。

「しほさんが嫁にいくときはこのおまさが腕によりをかけて結い上げるからね」

と政次と夫婦になると決まった折からの約定だ。

しほは花嫁仕度のすべてを、母親代わりのとせと髪結いおまさに任すことを心に決めていた。

洗い場で髷を丁寧に洗われた後、白無垢《しろむく》の花嫁衣裳《いしょう》が飾られた豊島屋の座敷に身を移した。そこで顔を薄く白塗りするところから高島田の着付けまでおまさが仕切ることになり、しほは任せた。前もっておまさに願ったことはただ一つ、

「淡粧」

であった。

「しほちゃんは元々が白く抜けるような肌だよ。この上に厚化粧がいるものか」

おまさも即座に応じたものだ。もはや二人の間に言葉など必要なかった。

しほは花嫁衣裳も道具も質素にして政次の嫁になろうと決意して、周りに願っていた。むろん独り暮らしのしほの身の上を知った上で、金座裏は政次の嫁に迎えるのだ。娘一人で暮らしてきたしほにそう蓄えなどなく、贅沢《ぜいたく》な装いや仕度ができるわけもない。だが、しほには、老舗《しにせ》の豊島屋や松坂屋など江戸有数の豪商、分限者《ぶげんしゃ》がついていた。

花嫁衣裳は仲人でもある松坂屋の隠居の松六が、

「しほの仕度は、白無垢からお色直しまでうちと豊島屋さんであつらえます」

と張り切って京、金沢の呉服屋に注文して姑《しゅうとめ》のおみつが出る幕がないほどだ。それでもしほが拘《こだわ》ったのは、

「質素第一」

を旨に金座裏に嫁ぐということであった。

松平定信が主導する寛政の改革は頓挫していた。だが、寛政元年、二年、七年と御《お》触書《ふれがき》によって髪飾りなど奢侈《しゃし》禁止令が出ていることに変わりはない。金座裏はいわばこの奢侈禁止令を取り締まる側であった。しほは、そのことも気にして政次と話し合ってきたのだ。

おまさに委《ゆだ》ねた時がゆるゆると過ぎていく。

大眉掃《まゆはき》、中眉掃、小眉掃、大上臈《じょうろう》、小上臈など何本もの白粉刷毛《おしろいはけ》がしほの顔を優しく撫《な》でて、最後に口紅が掃かれた。

「いいかねえ」

とせが化粧が終わった気配にそっと座敷に入ってきて、しほの顔を覗き、

「まあ」

と絶句した。

「しほちゃんは美形の上に肌がいいからね、化粧ののりがよくて一段と映えるよ」

と感嘆し、

「おまさ、白無垢を着せるのは、この私も手伝わせておくれな」

と志願した。そこで二人がかりで花嫁衣裳がしほに着せられた。

五つ半（午前九時）の頃合、川越藩主松平大和守直恒《なおつね》の使いが届けてくれた懐剣越中国則重《えっちゅうのくにのりしげ》を白無垢の襟に差し込んで、しほの嫁入り仕度が終わった。

しほは川越藩家中三百六十家久保田《くぼた》家の血筋の娘であった。母の早希《さき》が久保田家の三女だったからだ。

寛政九年の暮れ、宗五郎は、しほの両親の出奔騒動に端を発する川越藩の内紛を解決したことがあった。その折、藩主の直恒より、

「久保田の家を再興するのなら、叶《かな》えて遣わす」

という言葉を頂戴していた。その言葉を聞いたしほは、

「私は鎌倉河岸で物心ついたんです。これからも町娘としてこの町で生きたいと思います」

と答えていた。

そんな理由でこの話は沙汰止《さたや》みになった。だが、直恒は忘れてはいなかったのだ。

なぜならば、しほの伯母たちの嫁ぎ先、園村、佐々木両家は直恒の重臣として忠義を

尽くしていた。あの騒ぎを切っ掛けに川越藩と金座裏は交情を深めていた。

直恒は金座裏の嫁になるしほに、

「武家の出」

であることを忘れるなと懐剣を届けてきたのだ。

豊島屋の女衆がどっと座敷に入ってきて、凛《りん》とした花嫁姿のしほに見入った。そして、

「江戸一番の花嫁ができましたよ」

「これほど綺麗な嫁様を見たことはございませんよ」

と感嘆して言い合った。そして、

「鎌倉河岸じゅうが花嫁姿のしほちゃんを待ってますよ。まるで白酒の売り出しの日が戻ってきたような賑《にぎ》わいだってさ。見せておやり」

と告げたとせにしほが、

「こちらのご先祖様にお許しを得てこの家を出とうございます」

と願った。

大きく頷いたとせがしほの手をとって仏間に導いた。

しほは灯明を点《とも》して合掌し、その傍らでとせも一緒に手を合わせた。

胸の中で豊島屋の先祖の霊に感謝すると、

「豊島屋の娘」

として金座裏に嫁に行かせて下さいと、しほは願った。

とせにしほの気持ちが通じたのか、合掌を解いたとせがしほに向かい合い、

「しほ、金座裏に嫁に行きなさるが、そなたの実家はこの鎌倉河岸の豊島屋です。金座裏のおみつさんが万事を心得ておられることは承知だがね、なんぞあればいつでもここに戻ってくるんだよ。そなたのおっ母さん、お父つぁんの霊にも許しを願っておきましたからね」

と娘として遇することを宣言した。

「お内儀《かみ》様、ありがとうございます」

「ささっ、金座裏ではいまかいまかと花嫁行列を待っておられますよ」

とせが催促した。

しほは、仏間から豊島屋の女衆が待ち受ける座敷に向きなおり、

「皆々様、天涯孤独だったしほは、本日豊島屋様から実の娘として嫁に出して頂きます。どうお礼を申し上げていいか、言葉が見つかりません」

と挨拶を始めた。するととせが、

「しほちゃん、止《や》めておくれ。必死で堪《こら》えてきた涙が零《こぼ》れるよ」

と叫んだ。おまさが、

「おかみさん、嫁入りに涙は禁物にございますよ。ささっ、鎌倉小町しほちゃんの嫁入りです、晴れやかにお送り致しましょうか」

と明るく雰囲気を変えて言いかけ、頷いたしほが静かに立ち上がった。


享和元年三月三日、鎌倉河岸に異変が起こった。

白酒売り出しの二月十八日が再び戻ってきたように鎌倉河岸の広場に出店が並び、大勢の人々が豊島屋を眺めて待機していた。

むろん豊島屋から金座裏に嫁入りするしほの顔を一目見んとする老若男女だ。

祝い幕が張られた豊島屋の店前には、鎌倉河岸を仕切る町火消《まちびけし》の一番組よ組の面々が顔を揃え、行列を先導するために待機していた。また花嫁道具を担ぐ鳶《とび》の兄い連も真新しい豊島屋の法被《はっぴ》で花嫁の登場を待っていた。

しほを乗せる駕籠の駕籠かきは、豊島屋の常連の兄弟駕籠屋の梅吉と繁三だ。二人が自ら志願して、紅白の練り布で飾られた駕籠を担ぐことになったのだ。

だが、異変は人込みだけではない。

鎌倉河岸の八重桜が例年になく早く数輪の花を咲かせたのだ。そのことに気付いたのは豊島屋の小僧の庄太だ。

「見てみな、しほ姉ちゃんが嫁に行くってんで、八重桜がいつもより早く花を咲かせてくれたよ」

「おお、ほんとうだ。この桜は、しほちゃんの守り神だもんな」

吉宗手植えの老桜にいつも駒《こま》を繋《つな》ぐ馬方《うまかた》が言った。

「八重桜はさ、ちゃんと分かってんだよ」

庄太は馬方に肩車して貰《もら》い、早咲きの八重桜を一枝手折《たお》るとしほに見せようと店に走り戻っていった。

「繁三さん、花嫁はまだかい」

豊島屋の中を覗く駕籠かきに聞いたのは亮吉の母親せつだ。

「もうちょいと時間がかかるかねえ。なんたって三国一の花婿、金座裏の十代目の政次若親分の許に鎌倉小町のしほちゃんが嫁入りするんだ。むじな長屋のどぶ鼠がどこぞのすべた女郎《じょろう》とくっ付き合うわけじゃねえからね」

お喋りの繁三がうっかりと口を滑らした。

「やい、繁三。おまえ、だれに向かってそんな口を利いてんだい。わたしゃ、むじな長屋のせつだよ。しほちゃんにのぼせ上がったおまえに聞かせてやろうか。花婿の政次さんはうちの亮吉、船頭の彦四郎と三人いっしょにちんころみたいに育った仲だよ。政次さんが三国一の花婿だって、その言い草にはこれっぽっちの文句はないや。言うに事欠いて、むじな長屋のどぶ鼠がすべた女郎とくっ付き合うだと。第一どぶ鼠とはだれだ」

「そりゃ、おまえ、鎌倉河岸でどぶ鼠と言えば金座裏の手先の亮吉だ」

と言いかけた繁三が、

「ありゃ、おまえ様は亮吉のおっ母さんか」

「馬鹿野郎、その口、この指で捻《ひね》り上げてやろうか」

「許してくんな。大役が待ってんだよ」

と繁三が後退《あとずさ》りしたとき、豊島屋の中に、

さあっ

と緊張が走った。

ちゃりん

と火消しの一番組よ組の頭が金棒の先を地面に打ち付けると鉄環が鳴った。

鎌倉河岸のざわめきが消えた。

寂《さ》びた木遣《きや》りの声が響いた。

豊島屋の清蔵《せいぞう》ととせに手を引かれたしほが春の光の中に姿を見せた。

白無垢に綿帽子、白い顔に紅が一筋鮮やかに掃かれていた。そして、小袖《こそで》の襟元に松平直恒から拝領した越中国則重の懐剣があった。

町人の娘として金座裏の嫁になるしほだが、その出自《しゅつじ》は複雑だった。そのことを直恒から頂戴した則重が表していた。そして、その則重の傍らに一輪の八重桜が差し込まれていた。

庄太が手折った鎌倉河岸の老桜からの贈り物だ。

わあっ
という歓声が鎌倉河岸に響いた。

しほは深々と馴染《なじ》みの人々に一礼した。

「ささっ、金座裏ではお待ちかねですよ」

清蔵の声にとせとおまさに助けられたしほが駕籠に乗り込んだ。

「鎌倉小町、豊島屋のしほ、金座裏の政次若親分の許に嫁入り道中、出立にございます」

と一番組よ組の頭が鎌倉河岸に響き渡る声で告げて、

ちゃりんちゃりん
と金棒が鳴らされながら、木遣りの渋い喉とともに鎌倉河岸から金座裏へと静々と進み始めた。

「しほ姉ちゃん、幸せにな！」

庄太が叫んだ。

「ありがとう、庄太さん」

しほの駕籠の傍らを紋付羽織袴の清蔵ととせが従い、祝いの言葉を投げかける見送りの人々に返礼をした。

鎌倉河岸の東端、龍閑橋《りゅうかん》に差し掛かった一行の足が止まった。

龍閑橋に彦四郎と亮吉が金座裏の家紋入りの提灯を手に迎えに出ていたからだ。

「金座裏名代《みょうだい》、亮吉と彦四郎、花嫁の先導役を務めさせて頂きます」

と亮吉が緊張の声を張り上げ、

「宜しくお頼み申します」

と頭が応じて再び行列が進み始めた。

龍閑橋から一石橋《いちこく》に向かうお堀端にも花嫁行列を見物しようという人波があって、しほの駕籠が通過するとき、溜息が重なって春の日差しに溶け合った。

「さすがに鎌倉小町、綺麗な仕度ができました」

「なんたって地がいいからね」

本町一丁目には交替江戸町年寄の舘市右衛門《たちいちえもん》が屋敷を構えていた。町奉行支配下で市政を掌握する喜多村《きたむら》家、樽《たる》家とともに世襲であり、江戸町人の最高位の家系だ。

浅草猿屋町会所《あさくささるやちょうかいしょ》御用掛《ごようがかり》を担当する舘家と古町町人の金座裏とは付き合いも長く、主は祝言に呼ばれていた。

その舘家の前には家族奉公人が全員揃ってしほを迎えた。しほは駕籠の中から一人ひとりに黙礼しながら進んだ。

舘家の隣は金座だ。

後藤《ごとう》家の当主も金座裏に招かれていたが後藤家の奉公人が揃って金座前に居並ぶ姿は壮観だった。

いよいよ金座裏のある本両替町へと行列は差しかかった。

すると道の両側は立錐《りっすい》の余地もない見物の人々がいて、

「しほちゃん、おめでとう」

とか、

「政次若親分と仲良くね」

などと次々に言葉を掛けてくれた。

金座裏の前では八百亀以下、手先下っ引き、女衆が全員で行列を出迎えていた。そして、その列を割って仲人の松坂屋の隠居の松六が継裃、留袖《とめそで》で姿を見せた。

祝い歌が金座裏に流れ、

「本日は天気晴朗、真《まこと》にもって祝言日和《びより》にございます」

と松六の緊張した声が一行を労《ねぎら》った。

とせとおまさに介添えされたしほが金座裏の門前にすっくと立った。

何度も通い慣れた金座裏の門前がこれほど清々しくしほの目に映ったことはない。

八百亀と視線があった。

金座裏の老練な手先が、

「しほ様、お待ち申しておりました」

と一同を代表して挨拶した。

しほは八百亀に頷き返すと、

（一世一代の独り祝言をやり通してみせるわ）

と覚悟を新たにした。

「花嫁御寮《ごりょう》の手をしばし預からせてもらいましょうかな」

と松六の女房おえいがしほに手を差し出し、母親代わりのとせが頭を下げて、

「宜しくお願い申します」

と願って役目を交替した。

仲人のおえいに手を取られたしほは、金座裏の前に雲集する人々に深々と一礼して、格子戸を潜った。

そろりそろり
と玄関までの短い石畳、感激を噛《か》み締めながらもゆっくりと歩いた。

しほは玄関前で立ち止まり、小さく息を整えた。

一歩足を踏み入れれば金座裏。今日から、

「嫁」

と呼ばれる立場に変わる。

「しほさん、安心なされ」

とおえいが言いかけ、松六も頷いた。

その二人に頷き返したしほが広い金座裏の土間に足を踏み入れた。

ひんやりとした空気がしほの緊張を解《ほぐ》した。

奥座敷から大勢の人々の気配が伝わってきた。

北町奉行小田切土佐守直年《おだぎりとさのかみなおとし》と南町奉行根岸肥前守鎮衛《ねぎしひぜんのかみしずもり》を正客に、百数十人の招待客が花嫁の到来を待ち受けていた。

（ここからが私の勝負の時だわ）

と一歩踏み出したしほの前に人影が立ち、おえいからしほの手を受け取った。

継裃姿も凛々《りり》しく、腰に一本大和当麻派の刀鍛冶が作刀した金梨子地塗、丸に三葵の家紋入りの腰刀を差した花婿がいた。

あっ
と小さな驚きの声を洩らしたしほは、

「政次さん」

と名を呼んだ。

（政次さんが祝言に戻ってきてくれた）

しほの独り祝言の決心が大きく揺らいだ。

政次の大きな手がしほの手に重ねられ、

「心配かけたね」

と、いつもどおりの政次の言葉が耳に入った。

(独り祝言なんかじゃない。政次さんと一緒に金座裏の若夫婦になるんだわ)

「しほ、いくよ」

「はい」

金座裏の土間にしほの返答の声が優しく響いた。

享和元年弥生《やよい》三月三日の昼前のことだった。

本書はハルキ文庫（時代小説文庫）の書き下ろしです。

時代小説文庫
さ 8-23

独《ひと》り祝《しゅう》言《げん》 鎌倉《かまくら》河《が》岸《し》捕物控《とりものひかえ》〈十三《じゅうさん》の巻《まき》〉

著者 佐《さ》伯《えき》泰《やす》英《ひで》

2008年11月18日第一刷発行

発行者 大杉明彦

発行所 株式会社 角川春樹事務所
〒101-0051 東京都千代田区神田神保町3-27 二葉第1ビル

電話 03(3263)5247[編集] 03(3263)5881[営業]

印刷・製本 中央精版印刷株式会社

フォーマット・デザイン&シンボルマーク 芦澤泰偉

本書の無断複写・複製・転載を禁じます。定価はカバーに表示してあります。落丁・乱丁はお取り替えいたします。
ISBN978-4-7584-3377-8 C0193 ©2008 Yasuhide Saeki Printed in Japan
http://www.kadokawaharuki.co.jp/[営業]
fanmail@kadokawaharuki.co.jp[編集] ご意見・ご感想をお寄せください。

時代小説文庫

佐伯泰英
悲愁の剣
長崎絵師通吏辰次郎

長崎代官の季次《すえつぐ》家が抜け荷の罪で没落——。季次家を主家と仰ぎ、今は海外放浪の身にある南蛮絵師・通吏辰次郎《とおりしんじろう》はその報せに接し、急ぎ帰国するが当主・茂智、茂之父子や、茂之の妻であり辰次郎の初恋の人でもあった瑠璃《るり》は、何者かに惨殺されていた。お家再興のため、茂之の遺児・茂嘉を伴って江戸へと赴いた辰次郎に次々と襲いかかる刺客の影！　一連の事件に隠された真相とは……。運命に翻弄される者たちの奏でる哀歌を描く傑作時代長篇。

（解説・細谷正充）

佐伯泰英
白虎の剣
長崎絵師通吏辰次郎

書き下ろし

陰謀によって没落した主家の仇を討った御用絵師・通吏辰次郎《とおりしんじろう》。主家の遺児・茂嘉とともに、江戸より故郷の長崎へ戻った彼は、オランダとの密貿易のために長崎会所から密命を受けたその日に、唐人屋敷内の黄巾党《こうきんとう》なる秘密結社から襲撃される。唐・オランダ・長崎……貿易の権益をめぐって暗躍する者たちと辰次郎との壮絶な死闘が今、始まる！　『悲愁の剣』に続くシリーズ第二弾、待望の書き下ろし。

（解説・細谷正充）

時代小説文庫

佐伯泰英
道場破り
鎌倉河岸捕物控

書き下ろし

赤坂田町の神谷道場に一人の訪問者があった。朝稽古中の金座裏の若親分・政次が対応にでると、そこには乳飲み子を背にした女武芸者の姿が……。永塚小夜と名乗る武芸者は道場破りを申し入れてきたのだ。木刀での勝負を受けた政次は、小夜を打ち破るも、赤子を連れた彼女の行動に疑念を抱いていた。やがて、江戸に不可解な道場破りが続くようになるが――。政次、亮吉、船頭の彦四郎らが今日も鎌倉河岸を奔る、書き下ろし好評シリーズ第九弾!

佐伯泰英
埋《うず》みの棘《とげ》
鎌倉河岸捕物控

書き下ろし

金座裏の政次は、ある日奉行所の内与力より呼び出しを受け、水戸藩の老中澤潟との関わりを尋ねられた。澤潟の名には覚えがなかったものの、政次と亮吉、彦四郎には、十一年前の藩士との出来事が思い出された……。一方、造園竹木問屋・丸籐の番頭が殺され、政次らはその事件を追うことになるが――。探索が難航し、苦悩する政次。そんな折、三人は謎の刺客に襲われる。十一年前の出来事が新たな火種を生んだのか。時代の渦に巻き込まれた政次たちの命運は!? 大好評シリーズ第十弾!

時代小説文庫

佐伯泰英
代がわり 鎌倉河岸捕物控

書き下ろし

豊島屋の清蔵たちは、富岡八幡宮そばの船着場で、六、七人の子供たちが参詣に来た年寄りから、巾着を奪い取るのを目撃した。店に戻った清蔵たちは、金座裏の若親分・政次にその話をするが、どうやら浅草でも同様な事件が起きているという。さらに今度は増上寺で巾着切りの事件が起こった。だが、被害にあった金貸しの小兵衛は刺し殺され、巾着も奪われたのだ。同じ犯人の仕業なのか？　宗五郎と政次たちは、探索に乗り出すが——。大好評書き下ろし時代長篇シリーズ第十一弾。

佐伯泰英
冬の蜉蝣《かげろう》 鎌倉河岸捕物控〈十二の巻〉

書き下ろし

寛政十二年の年の瀬、金座裏の若親分の政次は、久しぶりの剣術稽古に精を出していた。同門の士より、永塚小夜の姿が見えないと耳にした政次は、小夜が指導している林道場を訪れることに。そこで政次は、小夜の息子の小太郎がかどわかされそうになった事実を聞く。政次ら金座裏の聞き込みにより、秋月藩士が関わっていることが判明するも、背後に小太郎の父親の影が……。祝言を間近に控えた政次、しほ、そして金座裏を巻き込む事件の行方は？　大好評書き下ろし時代長篇。